위 『백호공초고필적(白湖公草稿筆跡)』(경상대 문천각 소장)의
　　첫 장 「월남사 옛터에 들러(過月南寺遺址)」(이 책 226면).

옆 『겸재유고(謙齋遺藁)』(성균관대 존경각 소장) 권2의 마지막 장.

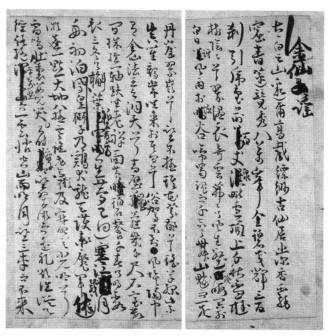

백호의 친필 시고 「금선요(金仙謠)」(이 책 157면).

백호문학관(전라남도 나주시 다시면 회진리 소재).

백호시선

白湖詩選

백호시선
白湖詩選

백호 임제 지음 ＼ 임형택 · 이현일 편역

창비

책머리에

백호 임제는 16세기 조선의 위대한 문학가이다.

그는 29세 때 제주도로 건너가 한라산에서 남쪽 바다를 바라보고 "저 동정호(洞庭湖) 7백리 물도 이에 비하면 물 한잔 쏟아놓은 웅덩이와 다름없다"고 부르짖었다. 중국대륙에 있는 동정호가 제아무리 크다 해도 일망무제로 펼쳐진 눈앞의 대양과 견줘보면 '물 한잔 쏟아놓은 웅덩이'라는 비유가 결코 과소표현이 아닐 터다. 그러나 객관적인 실상임에도, 그 이전에도 이후에도 이런 발언을 한 사람은 없었다. 적어도 근대로 들어오기까지는 그러했다. 근대 이전에 큰 산이라면 태산이요, 큰 물이라면 동정호였다. 우리 동쪽나라 사람들에게 태산과 동정호는 완전한 관념 속의 상징 공간이었기 때문이다. 고정관념을 파괴한 백호의 현실인식은 '큰 깨달음' 그것이었다.

우주간에 늠름한 육척의 사나이
취하면 노래하고, 깨면 비웃으니 세상이 싫어하네. (「이 사람」)

이 시구는 정녕 깨달은 자의 독백이리라. 백호는 그 깨달음을 얻고 나서 10년밖에 살지 못했다. 우리 나이로 39세 때 세상을 떠난 것이다. 그가 죽음에 다다라서 "사방의 여러 족속들이 황제를 일컬어보지 않은 자 없거늘 자고로 우리만 못해봤다. 이런 약소한 나라에 태어났다가 가는데 그 죽음을 슬퍼할 것이 무엇이랴! 곡을 하지 말아라"라고 말했다는 것은 유명한 일화로 전한다. 중국 중심의 세계에서 위축된 자국의 처지를 돌아보며 무한히 고민했던 심경을 생의 마지막에 표출한 것이리라. 그가 '어사화를 높이 꽂고 넓은 바다 건너'갔던 때만 해도 과거에 급제하여 장차 포부를 실현할 수 있을 것으로 기대해 마지않았다. 그러나 그가 부딪힌 당시 조선은 이 '우주간에 늠름한 사나이'를 용납하지 않았다. 기껏 변방의 말직으로 돌아다니느라 "벼슬살이 맛이란 초보다 시큼"(「꿈을 꾸고 나서」)함을 절감해야 했다. 그는 자기 시대와 불화하면서도 끝끝내 순응하거나 타협하지 않았다. 그리하여 세상의 눈총을 받아야 했으며, 기껏 기인으로나 비쳤다. 그러나 실로, 이 땅에서 자유정신을 선구적으로 체화한 존재가 '이 사람' 백호였다.

'이 사람'이 "취하면 노래하고 깨면 비웃"은 그 자취는 시와 산문의 형식으로 전화되었다. 그의 길지 못한 생애에 견주어 다행히도 자못 풍부한 작품을 후세에 남긴 것이다. 그의 한세대 후배로서 역시 시대와 불화했던 허균(許筠)은 일찍이 백호의 「수성지(愁城誌)」를 두고 "인류문자가 생긴 이래 별문자(別文字)이다. 천지간에 이 문자를 얻지 못했다면 하나의 결함으로 될 것이라"고 격찬한 바 있다. 인류역사를 풍자한 「수성지」와 「화사(花史)」, 역사상의 불의를 고발한 「원생몽유록(元生夢遊錄)」 등 일련의 산문적 소설은 그야말로 개성적이고 독창적인 문학이었다. 이렇듯 산문의 성과도 만만치 않지만, 백호문학의 본령은 시에 있었다고 봐야 할 것이다. 백호문학에 대한 후세의 평가도 대개 시에 집중되었다. 나는 허균의 어조를 빌려서 말한다. 조선조 5백년에 문인들이 기라성을 이뤘지만 백호의 특이한 시와 산문이 존재하지 않았다면 우리 문학사에 한 결함이었을 것이다.

그가 남긴 시작품 중에서 간추려 엮은 것이 이 『백호시선』이다. 모두 10부로 나누었는데, 체계적 분류가 아니고 그의 다양한 시 세계를 감상하기 좋도록 적절히 구역을 지어놓았을 뿐이다. 한시는 오늘날 사람들에게는 너무나 멀어져 있다. 일반 독자들이 가볍게 여행을 하듯 백호문학의 본령으로 들어가서 두루 '시맛'을 보고 즐길 수 있도록 하자는 것이 이 책을 엮은 자의 뜻이다.

여행기를 읽는 것을 일러 와유(臥遊)라고 했다. 멀리 힘들여 여행하지 않고 편히 집에 누워서 유람을 한다는 의미이다. 『백호시선』을 들고 독자들은 4백년 전으로 와유를 할 수 있다. 먼저 '우주 간의 늠름한 사나이'로 자부한 백호를 만나서 그와 애환을 함께 하게 될 것이다. 이 시적 자아는 수줍어 말 못하는 아가씨의 마음을 읽어내는 다감한 일면도 있다. 그 시절 조선의 여러 명사들과 대면하는가 하면, 백호의 고향 사람을 만나고 고향을 찾아 풍광을 감상하며, 조선의 유서 깊은 명승과 아름다운 산하를, 특히 지금은 가볼 수 없는 서북 변경을 두루 답사하게 된다. 제주도로 가면 흰 사슴(白鹿)을 탄 신선이 출몰하는 설원의 비경으로 들어가며, 묘향산에서는 "속세의 의관과 스님의 가사를 둘로 나누어 보지를 마오"(「성불암에서 휴정 스님을 맞아 이야기하다」) 하고 백호와 서산대사가 마주 앉아 이야기를 나누는 장면이 우리 눈에 띈다. 어느 국경지대에 서서 읊은 "동녘 바다에는 큰 고래 날뛰고 서쪽 변방에는 흉악한 멧돼지 내닫는데"(「잠령의 민정에서」)라는 구절의 의미는 실로 범상치 않다. '큰 고래'는 동쪽의 왜구를, '흉악한 멧돼지'는 서북쪽의 여진족을 표상한 것으로 여겨진다. 그의 죽음 5년 후에 임진왜란이, 30년 후에 정묘호란이 일어났던바 시인의 남다른 우환의식에서 나온 상상력이 오래지 않아 닥칠 국난을 예견한 것은 아닐까.

이 『백호시선』의 모체는 『역주 백호전집』이다. 여기 실린 작품들 대부분이 『전집』에서 발췌한 것이다. 처음 소개되는 작품이 몇편 포함되어 있는바 새로 발굴된 『겸재유고(謙齋遺稿)』 등에서 얻은 자료이다. 『시선』의 번역문은 기본적으로 『전집』에 의거하였지만 평이하면서 새 세대 감각에 맞도록 대폭 손질을 가했다.

『역주 백호전집』은 신호열·임형택 공역으로 되어 있었다. 당초 우전(雨田) 신호열(辛鎬烈) 선생님이 역주 작업을 하다가 마무리를 짓지 못하고 영면하시었다. 그래서 내가 부득이 뒷수습을 해서 상하 2책으로 발간을 했던 것이다. 그 시점이 1997년이니 벌써 14년이 지났다. 이번 『시선』 작업은 이현일 동학과 함께 했다. 오늘의 독자들과 소통하기 위해서는 소장학자의 감수성이 요망되었기 때문이다. 이 책을 편집, 교정의 일을 맡아 얌전한 책자로 세상에 태어나도록 해주신 창비사와 김정혜씨에게 깊은 감사를 드린다.

2011. 11. 8.

임형택

차례

3부

길 위에서

4부

변새(邊塞)의 노래

10부

삶과 죽음의 갈림길

1부에 뽑힌 작품들은 비교적 직설적으로 시인의 내면을 토로하는 작품이 주류를 이루고 있어서 마치 백호가 자신의 고민을 독자에게 직접 이야기해 주는 듯하다.

　「느끼는 대로」「회포를 노래함」은 모두 검(劍)과 금(琴)을 끼고 마음속의 큰 포부를 펴볼 날을 기다리는 청년시절 백호의 모습을 생생하게 볼 수 있다. 다만 벼슬길에 나간 뒤에도 세상과 불화하여, 백호는 스스로 불우하다고 느꼈던 것 같다. 「청석동에서」의 첫 수와 「이 사람」은 앞의 두 작품과 비슷한 분위기에서 시작되지만, 결말에서는 미인을 만나볼 수 없다고 탄식하거나 귀향을 꿈꾸고 있기도 하다. 「희언(戲言)」은 일종의 우언시(寓言詩)로 인재를 적재적소에 쓰지 못하는 현실에 대한 풍자로 읽히는데, 시인 자신의 처지도 어느정도 투영되었을 것이다. 「관아의 서재에서 허미숙에게 부침」은 해남현감으로 있을 때의 무료한 심정을 벗인 허봉에게 털어놓은 시이며, 「붓 가는 대로」「병중에 쓰다」는 모두 벼슬살이에 지쳐 고향을 그리워하는 내용을 담고 있다. 「백호에서 지음」은 외가가 있던 옥과(玉果)의 무진장(無盡藏)에 살면서 느끼는 안온한 심정을 읊고 있다.

　「신군형(辛君亨)에게 부침」은 백호의 사상을 이해하는 데 중요한 단서가 되는 작품으로 『중용』을 읽고 난 뒤의 깨달음을 노래하고 있고, 「고의(古意)」는 어느 봄날의 한순간을 포착한 시이다.

　한편, 모두 심각하고 진지한 작품만 있지는 않다. 「청석동에서」의 두번째 수는 바위를 소재로 비교적 가벼운 기분으로 유머러스하게 쓴 영물시(詠物詩)이다. 또 「감회」는 종군하던 시절의 추억을 읊은 작품으로, 꼭 원제(原題)를 함께 읽어볼 것을 권한다.

느끼는 대로

1

남쪽 변방 장사가 칼에는 먼지 낀 채
『음부경』[1]을 읽으며 30년 세월 보내더라.

부들자리에 누워 자다가 깨어나면 술 찾으니
야승(野僧)도 심상한 사내로 여길밖에.

2

중도 속인도 아닌 소치(嘯癡)[2]라는 놈
거문고에 칼 하나가 생애의 전부라네.

때로는 북으로 가 처자를 만나보고
강남에 돌아와서 절집에 더부살이.

遣興

1

南邊壯士劍生塵, 手閱陰符三十春.
臥睡蒲團起索酒, 野僧只道尋常人.

2

非僧非俗嘯癡漢, 一琴一劍爲生涯.

有時北去問妻子, 來寄江南禪老家.

회포를 노래함

소치 이 사람 행장이란 칼과 거문고
대곡 선생[3] 하직하고 강남으로 돌아가는 길.

이 동네 장암동에 벗님이 있어
닭 잡고 밥을 지어 한사코 만류하네.

지는 해 사립 앞에서 껄껄 웃은 뒤
두어 칸 서실로 구름 안개 헤치고 들어서니.

추운 날씨 시냇길에 눈발이 날리는데
좋은 친구 셋이 전송을 나왔구나.

촌 막걸리 손님 대접 넘치도록 따라주고
술상 위로 오가는 건 태곳적 이야기라.

푸른 등불 고요한 자리 밤은 바다 같고
적막한 심사는 암자와 다름없네.

오늘 아침 이별하면 다시 만리를 가니
유유한 이 내 한을 어찌 견디리!

인생의 만나고 헤어짐이 본래 이렇다며
훌쩍 말에 올라 웃고 떠나야 참으로 기남자(奇男子)이지.

그대는 보라, 세상 아녀자들 이별할 때
눈물에 애절한 말 섞어 속절없이 재잘대지.

석 자의 칼, 한 치의 마음
대장부 품은 뜻을 뉘라서 알리오.

丁丑新正初二日出山, 初四日拜辭先生, 宿于藏巖洞金遠期家, 土元,
而顯, 仁伯來別, 詠懷之作, 因成七言十句[4]

行裝琴劍嘯癡者, 拜辭大谷歸江南.
藏巖洞裡故人在, 殺鷄爲黍留征驂.
柴扉殘照共一笑, 數間書屋披雲嵐.
天寒溪路暝雪下, 遠于相送良朋三.
村醪侑客酌細細, 坐中除有羲皇談.
靑燈孤榻夜如海, 寂寞心事猶山菴.
今朝離別又萬里, 此恨悠悠何以堪.

人生聚散固如此, 躍馬笑去眞奇男.

君看世上兒女別, 淚和悲語空喃喃.

劍三尺, 心一寸, 烈丈夫懷誰得諳.

3 백호의 스승인 성운(成運, 1497~1579)을 가리킨다. 백호는 22세 때인 1570년 처
  음으로 속리산(俗離山)의 종곡(鍾谷)으로 성운을 찾아가 가르침을 청하였으나,
  이듬해 모친상을 당해 곧 돌아올 수밖에 없었다. 그뒤 1573년 다시 성운을 찾아
  가 학업을 이어 마치고 이때 비로소 하산한 것으로 보인다.
4 원제는 "정축년 정월 초이틀에 산을 나와 초나흘에 선생님께 하직인사를 올리
  고, 장암동 김원기(金遠期)의 집에서 유숙하는데, 사원(士元)·이현(而顯)·인
  백(仁伯)이 찾아와서 작별하다. 이에 영회(詠懷) 시를 지었으니 7언 10구이다."
  정축년은 백호의 나이 29세 때인 1577년이며, 장암동(藏巖洞)은 속리산 가까이
  있다.

이 사람

우주간에 늠름한 육척의 사나이
취하면 노래하고, 깨면 비웃으니 세상이 싫어하네.

마음은 어리석어 육운의 병[5] 면키 어렵고
지모는 졸렬하여 원헌의 가난[6]도 사양치 않아.

풍진 속 벼슬살이야 잠깐 동안 굽힘이니
강해(江海)의 갈매기와 누가 잘 어울릴까.

나그네 빈 방에는 밤마다 고향꿈
다호(茶戶)며 어촌으로 옛 이웃들 찾아간다오.

有人

宇宙昂藏六尺身, 醉歌醒謔世爭嗔.
心癡難免陸雲病, 計拙不辭原憲貧.
烏帽風塵聊暫屈, 白鷗江海竟誰馴.
客窓夜夜鄕園夢, 茶戶漁村訪舊隣.

5 육운(陸雲)은 육조시대 오(吳) 땅의 사람으로 자는 사룡(土龍). 육기(陸機)의 아우로 형제가 모두 문학가로 이름 높다. 육운은 잘 웃는 병이 있었는데 한번은 상복(喪服)을 입고 배를 타고 갈 때 자기 그림자가 물에 비치는 것을 보고 웃다가 물에 빠져 옆사람이 건져주었다 한다. 여기서는 자신도 육운처럼 법도를 지키지 못한다는 의미로 쓴 것이다.

6 원헌(原憲)은 공자의 뛰어난 제자 중 한 사람이다. 그는 특히 가난했는데, 지붕에 비가 새도 태연히 앉아 현악기를 타고 노래를 불렀다고 한다.

청석동에서[7]

1

남쪽 출신 이 사람은 말안장을 못 떠나니
글과 칼 둘 중에서 끝내 무얼 이룰 건가.

공명(功名)은 언제고 오가는 대로 맡겨두고
마음만은 한결같아 스스로 기특하네.

산 푸르고 구름 희어 비는 막 개이고
오랜 바위 맑은 시내 티끌 한 점 일지 않네.

눈썹 펴고 때때로 초란패(椒蘭佩)[8]를 만지건만
임은 보이지 않으니 이 내 마음 어이하리.

2

검푸른 바위 두 기인(畸人)으로 둔갑한 듯
고목에 의지하여 세월을 얼마나 겪었던가.

설법에 고개 끄덕여 불법에 아첨한 것 부끄러우니[9]
표면에 새긴 공덕 어찌 모두 진실일까.[10]

훤칠한 키에 옥을 잘 다듬는다 자부했지만
말세의 풍속, 본디 옥과 돌을 못 가리는데야.

얼음 서리 내리면 고야선인(姑射仙人) 같을지니[11]
한 표주박 맑은 물로 조촐하게 제사를 지내리라.

靑石洞放言

1

南冠君子事鞍馬, 學書學劍終何成.
功名長擬任來去, 方寸自憐無晦明.
山靑雲白雨初霽, 石老溪淸塵不生.
揚眉時撫椒蘭佩, 不見美人空復情.

2

蒼巖幻作二畸人, 倚立山樹閱幾春.
頭點法乘羞佞佛, 面鑴功德豈隨眞[12]

長身自許能攻玉, 末俗元來不辨珉.

若得氷霜是姑射, 一瓢淸水是明禋.

7 원제 "청석동 방언(放言)"은 '청석동에서 마음껏 자유롭게 읊다'라는 뜻이다. 청석동은 개성에서 황해도 금천으로 가는 곳에 있는 지명으로 청석고개, 청석 골이라고도 하며, 청석(靑石)이 많이 나서 붙은 지명이라 한다. 홍명희의 소설 『임꺽정』의 배경이 된 곳으로도 유명하다. 원래 문집에는 이 제목으로 1수만 실려 있는데, 최근 발견된 친필 초고 『백호공초고필적(白湖公草稿筆跡)』(경상 대학교 문천각文泉閣 소장)에는 전편이 6수로 되어 있다. 여기서는 제1수와 제 4수를 뽑은 것이다.

8 초(椒)와 난(蘭)은 중국 남방에서 나는 향초의 이름인데 아름답고 고결한 인품 을 비유하는 데 쓰인다. 패(佩)는 남자의 옷에 차는 물건.

9 진(晉)나라 도생법사(道生法師)가 호구산(虎丘山)에 들어가서 돌을 모아놓고 『열반경(涅般經)』을 강하자 돌들이 모두 머리를 끄덕였다(石點頭)는 전설이 있 다. 본래는 설법이 감화력이 뛰어남을 일컫지만, 여기서는 이를 뒤집어 바위가 불법에 아첨했다고 표현한 것이다.

10 이 구절의 의미는 명확지 않은데, 그곳 바위에 어떤 사적이 새겨져 있었던 것 이 아닌가 한다.

11 '고야(姑射)'는 본래 『장자(莊子)』에 나오며, 묘고야산(藐姑射山)에 사는 피부 가 투명한 신인(神人)을 말하는데, 그뒤로 보통 신선이나 미인을 가리킬 때 많 이 사용되었다. 여기서는 바위에 얼음과 서리가 쌓여 반짝거리면 꼭 『장자』에 서 형용한 신인의 모습과 같을 것이라는 의미로 말한 것이다(『莊子逍遙游』 "藐 姑射之山, 有神人居焉, 肌膚若冰雪, 綽約若處子").

12 '眞'은 필사본에는 '實'자로 되어 있고, 그 옆에 다른 글자로 교정한다는 표시 로 점이 찍혀 있다. 어떤 글자로 바꾸었는데, 표구하는 과정에서 그 글자가 손 상된 것으로 보인다. 운각(韻脚)인 春, 珉, 禋은 모두 상평성(上平聲) 진운(眞韻) 에 속하는 글자들이다. 따라서, 운과 글자의 의미, 문맥 등을 고려하면 '眞'자로 고쳤을 확률이 높다.

감회

푸른 물결 산봉우리 굽이굽이 길은 멀어
북으로 종군하여 가던 때 생각이 나오.

무산의 백옥피리 사들고서
초천원 밝은 달에 밤 깊도록 불었었지.

往在庚辰春, 余以此道兵馬書記, 改赴北塞, 路由成川府, 以衣裘換白
玉小管, 宿草川院, 適月明人靜, 試吹一曲焉, 癸未歲, 又入棠幕, 翌年春,
王事適我, 重過其地, 溪山風景, 宛如前日, 而局促嚴程, 無復昔時風流,
感懷一絶, 索崔明府以和, 爲好事者話本云爾.[13]

綠波靑嶂路逶迤, 仍憶從戎北去時.
買得巫山白玉笛, 草川明月夜深吹.

---

13 원제 "지난 경진년 봄에 이 도의 병마서기(兵馬書記)로 다시 북새(北塞)로 가
게 되어 길이 성천부(成川府)를 경유하였다. 옷가지를 주고 작은 백옥피리와
바꾼 다음 초천원(草川院)에서 자노라니, 마침 달은 밝고 인적은 고요하여 시
험삼아 한 가락을 불었던 것이다. 계미년에 또 감사(監司)의 막하에 들어가 이
듬해 봄에 나라의 일이 나에게 맡겨져서 다시 그곳을 지나갔다. 계산(溪山)의
풍경은 완연히 전날과 같았지만 바쁜 일정에 쫓기다 보니 옛날의 풍류는 다시
없었다. 감회시(感懷詩) 한 절구를 지어 최명부(崔明府)에게 화답하기를 청함과
동시에 호사가의 이야깃거리나 삼도록 한다." 경진(庚辰)은 1580년 백호 나이
32세, 계미(癸未)는 1583년 백호 나이 35세로 이때 평안도 도사(都事)가 되었다.

신군형辛君亭[14]에게 부침

새벽녘에 일어나 향불 피우고
『중용』을 서너 차례 외우나니[15]

장구(章句)의 고루함을 알게 된 뒤로
비로소 성령(性靈)의 참됨을 깨닫는구나.

못 가운데 잠긴 달은 고요만 하고
눈 속에 핀 매화는 봄을 부르네.

보면 볼수록 생기 넘치니
모두가 내 한몸 속에 있는 것을.

寄辛君亭

曉起焚香坐, 中庸讀數巡.
自知章句陋, 始覺性靈眞.
月靜潭心影, 梅回雪裏春.
看看足生意, 都只在吾身.

14 신군형(申君亨)은 신응회(申應會, 1546~?)를 가리키는 것으로 추정되며, 백호
의 벗이다. 10부의 시「고석정(孤石亭)에서」참조.
15 백호는 속리산에 들어가 공부할 때 특히『중용(中庸)』에 집중하여 800번이나
읽었다는 일화가 전한다.

고의

장미꽃 떨어지고 제비는 진흙을 물어나르는데
주렴 깊은 속에 시간이 더디구나.

상념이 극에 이르러 자는 듯 보이거늘
아이야 무슨 일로 꾀꼬리를 날리느냐.

古意

薔薇花落燕喃泥, 深下緗簾午漏遲,
想極自然看似睡, 侍兒何事打黃鸝.

백호에서 지음

온종일 매인 생활 견디기 어렵더니
세속의 일 떨쳐내자 잠맛 단 줄 깨닫겠네.

베개 위에 살포시 나비꿈[16] 깨어나니
해 높이 뜬 꽃동산에 새소리 시끄럽네.

白湖作

卯申維繫病難堪, 謝事方知睡味甘.
欹枕乍回蝴蝶夢, 日高花塢鳥喃喃.

---

16 나비꿈〔蝴蝶夢〕은 장자(莊子)가 꿈에 나비가 되었다는 고사를 인용한 것.

희언戱言

세상에 마음이 병든 자 있어
말에는 짐을 싣고 소 타고 가네.

각기 다른 재주 무시하고 부리면서
채찍질 모질어 용서 없구나.

태항산, 청니판 험한 길에[17]
말도 거꾸러지고 소도 쓰러지면 누구에게 도움을 청할 건가.

어허, 어찌할까!
건장한 소, 좋은 말 모두 다 지쳤으니
누가 짐을 지며 누가 태워줄거나.

優談[18]

世有病心人, 騎牛馬載去.

用之旣違才, 鞭策不少恕.

太行之路靑泥坂, 馬蹶牛僨將伯助.

吁嗟嗟! 健牛良馬一時疲, 誰爲負也誰爲馭.

17 태항산(太行山, 타이항산)은 중국 산시성(山西省)에 있는 산이며 청니판(青泥坂)은 촉나라 가는 길에 있던 지명인데, 모두 험난하기로 유명하다.
18 원제의 우담(優談)은 배우처럼 우스개로 한 말이란 뜻이다.

관아의 서재에서 허미숙에게 부침[19]

공사 마치면 오건(烏巾) 쓰고 서재에 앉아
저녁 향불 다 탄 수침향(水沈香)을 갈아준다.

사마상여 삼년 병을 몸에 안고 지냈으나[20]
방통은 백리의 땅에 썩혀둘 인물 아니라네.[21]

벽오동에 가을 드니 궂은비도 걷히고
산은 바다와 잇닿아 신기한 새 날아온다.

서루(西樓)의 어젯밤 꿈엔 외론 배를 타고서
갈대숲 안개 깊은 낚시터 찾아 놀았다오.

縣齋書事, 寄許美叔 •海南縣作[22]

公退烏巾坐小齋, 夕薰初換水沈灰.
馬卿猶抱三年病, 龐統元非百里材.
秋入碧梧蠻雨霽, 海連靑嶂恠禽來.
西樓昨夜孤舟夢, 蘆葦煙深舊釣臺.

19 미숙(美叔)은 허봉(許篈, 1551~88)의 자. 허균(許筠, 1569~1618)의 중형으로
   시로 이름이 높았으며 백호와 사귐이 깊었다.

20 중국의 유명한 문학가인 사마상여(司馬相如)는 소갈증(消渴症)을 앓았는데,
   백호 역시 같은 증세가 있었기 때문에 원용한 것이다. 원문의 마경(馬卿)은 사
   마상여의 자가 장경(長卿)이라 이렇게 쓴 것이다.

21 방통(龐統)은 중국 삼국시대 양양(襄陽) 사람으로 자는 사원(士元). 유비(劉
   備)가 그의 재주를 알아보지 못해 작은 고을 뇌양현(耒陽縣)을 다스리게 하였
   으나 그는 노상 술에 취해 정무를 돌보지 않았다. 이에 노숙(魯肅)이 유비에게
   편지를 보내 말하기를 "방사원은 백리(百里) 안팎 작은 고을이나 다스릴 재목
   이 아니다"라 하며 크게 쓰기를 일깨웠다.

22 원주 "해남 고을에서 지음." 백호가 해남현감으로 부임한 것은 34세(1582) 때
   이다.

붓 가는 대로

세상인연 사절하고 산촌에 잠깐 들러
돌평상에 둘러앉아 아우 언니 오순도순.

절간은 적적해라 스님은 선정(禪定)에 들고
대숲에 비가 후둑이니 나그네 잠 못 이뤄.

녹봉 타먹기 지루해라 만리를 헤매는 신세
금대(琴臺)의 소갈병은 하마 삼년이라오.[23]

남은 생애 어찌 공명 누릴 몸이랴.
강호로 돌아가 밭이나 갈아야지.

卽事

暫向山居謝世緣, 石床淸晤弟兄聯.
禪關寂寂僧初定, 竹雨蕭蕭客未眼.
斗粟支離身萬里, 琴臺消渴病三年.
殘生豈是功名骨, 湖上歸耕數畝田.

23 사마상여의 옛집에 금대(琴臺)가 있었다. 주20 참조.

병중에 쓰다

해묵은 고질병이
장부의 몸을 얽어매니
가을바람 불어와도
몸이 상쾌하지 않네.

서울이야 어찌
정양할 곳이리오.
산은 저 가야산
물은 저 금호로세.[24]

病中自遣

二竪經年縛壯夫, 逢秋氣力未全蘇.
京華豈是頤神地, 山憶伽倻水錦湖.

---

24 금호(錦湖)와 가야산(伽倻山)은 곧 시인의 고향을 가리킨다. 회진(會津)마을
앞에 흐르는 물을 금호로 일컫고, 그 건너에 앙암(仰巖)이란 바위가 있는데, 그
위의 산을 가야산 혹은 '개산'이라고 부른다.

여기에 실린 시들은 모두 백호의 『남명소승(南溟小乘)』에서 뽑은 작품들이다. 『남명소승』은 백호의 제주도 기행시문집으로 「수성지(愁城誌)」 「화사(花史)」 「원생몽유록(元生夢遊錄)」 같은 다른 산문작품에 비해 상대적으로 덜 알려져 있지만 본격적인 제주기행문으로는 최초·최고(最古)이며, 문학사적으로 매우 중요한 작품이다.

　백호가 제주도를 찾은 것은 스물아홉살 되던 해인 1577년(선조 10)으로, 그해 9월 문과에 급제한 뒤 11월에 당시 제주목사로 있던 부친 임진(林晉, 1526~87)을 찾아뵙기 위해서였고, 이곳에서 이듬해 2월까지 머물렀다. 이 시기는 백호의 일생에서 가장 득의한 때이며, 감수성과 창조성이 고도로 발휘되던 시절이다. 기본적으로 일기 형식을 빌려 이곳의 독특한 풍속과 역사유적, 한라산 같은 명승들을 탐방하면서 보고 들은 것을 기록하고, 때로 감흥이 솟구치면 시를 지어 남겼다. 또 제주도의 귤과 유자를 간략히 조사한 보고서인 「귤유보(橘柚譜)」를 짓기도 하였다.

　먼저 「흔들리는 배에서」는 풍랑을 헤치고 제주도로 배를 타고 가는 도중에 불안감을 달래면서 지은 작품이고, 「파도소리」는 낯선 땅에 도착해 이방인으로서 겪는 느낌을 파도소리에 초점을 맞추어 형상화한 것이다.

　「백운편」 「백록선인」 「구름 걷히기를 기원하는 노래」는 모두 한라산을 유람하다 그 중턱에 있는 존자암(尊者庵)에 머물면서 지은 작품들이다. 「백운편」은 자신이 그동안 한라산 밑에서 까마득히 우러러보던 흰 구름 위에 있다는 감회를 말하고 있으며, 「백록선인」은 그곳 스님에게 들은 신비한 이야기를 시로 옮긴 것이고, 「구름 걷히기를 기원하는 노래」는 한라산 정상에 올라 사방의 경치를 제대로 조망할 수 있도록 날씨를 쾌청하게 해달라고 천지신명에게 기원하는 노래이다.

　「한라산」은 한라산을 비롯한 제주도의 이모저모를 담고 있으며, 「제주의 민속」은 제주도의 전반적인 풍속과 물산을 그려냈다. 「영랑곡」과 「송랑곡」은 남성에 비해 여성의 숫자가 많아서 생긴 제주도의 독특한 풍습을, 「모흥혈」은 제주 신화의 유적인 삼성혈(三姓穴)을 각각 읊고 있다.

　마지막의 「배를 매고」는 뭍으로 돌아온 뒤 제주도를 그리워하며 지은 시이다.

흔들리는 배에서

어버이 뵈러 가는 길 험한 파도 꺼릴 건가
급한 바람 높은 돛 화살처럼 내닫는다

고래 꿈틀대고 큰 자라 솟구치니 몇만 리를 지났느냐
눈더미 같은 파도 천둥처럼 울리며 귀허(歸墟)¹로 휩쓸린다.

푸른 하늘 양오(陽鳥)²의 등에 시름이 얹히더니
맑고 차가운 수궁(水宮) 속으로 들어가는가.

우습다, 사나이라 담력이 좀 있다고
죽을 고비 열 번을 넘기고도 누워서 시를 짓는구나.

舟中之人, 嘔吐不起者過半, 余亦入臥蓬底, 如在鞦韆上, 口
占一律³

寧親不憚溟波惡, 風急危檣箭往如.
鯨奮鰲騰幾萬里, 雪堆雷吼倒歸墟.
愁添碧落陽烏背, 卷上淸泠水府居.
自笑男兒粗膽在, 新詩臥綴十生餘.

1 바다의 가장 깊은 곳을 말한다. 『열자(列子)·탕문(湯問)』에 "발해(渤海)의 동쪽
　이 몇억만 리인지 모르는데, 큰 구렁이 있으니 실로 밑바닥이 없는 골짜기다.
　그 아래는 땅이 없으므로 이름을 '귀허(歸墟)'라 한다" 하였다.
2 하늘의 해를 가리키는 말. 전설상에 "해 가운데 삼족오(三足烏)가 있다"고 한다.
3 원제 "배에 탄 사람들 중에 구토하여 일어나지도 못하는 이가 절반이 넘었으
　며, 나 또한 뱃전 아래 들어가 누웠노라니 마치 그네를 타는 것 같았는데, 율시
　한 수를 읊다." 백호가 제주도로 출발한 것은 11월 9일 아침으로, 백호와 새로
　부임하는 정의현감(旌義縣監) 이응홍(李應泓)을 비롯하여 백여 명의 인원이 큰
　배 한 척과 작은 배 다섯 척에 나누어 타고 닻을 올렸다. 풍랑이 심하여 다른 일
　행들은 모두 만류하였으나, 백호의 고집을 꺾지 못했던 것이다. 백호가 탄 큰
　배는 그날 저녁 나절에 제주도에 닿았는데, 작은 배 다섯 척은 그만 연락이 두
　절되고 말았다. 이 배들은 혹은 좌초하고 혹은 표류했으나 탑승자들만은 전원
　무사히 도착한 것이 11월 15일 안팎이다. 백호는 그 며칠 사이 자책감 때문에
　적지 않게 마음고생을 하였다. 한편, 부친 임진은 거센 풍랑에도 아들이 호기를
　부려 반드시 배를 띄울 것을 알고, 제주도에 배를 대는 아홉 곳의 진리(津吏)들
　에게 표류한 배를 구원하는 데 만전을 기하도록 신신당부하였다고 한다.

파도소리

하루 낮 하루 밤 온 시각을
파도소리 내내 성을 흔드네.

이곳 사람 노상 들어 귀에 익건만
나그네는 마음이 뒤숭숭.

안석(案席)에 기대어 대낮에 졸고
등불을 돋우고 밤을 지새네.

복암사(伏巖寺) 깊은 산골짝에서
솔바람 듣던 때와 견주면 어떠할지.

海濤之聲, 日夜雷吼, 魂夢亦不能安[4] ●寺在錦城山, 嘗讀書棲遲處也.[5]

日夜一百刻, 常常波撼城.
居人聞自慣, 客子意偏驚.
隱几眠淸晝, 挑燈坐五更.
何如伏巖寺, 幽壑聽松聲.

4 원제 "파도소리가 밤낮으로 벼락치듯 하여 꿈자리 또한 편안치 못하다."
5 원주 "복암사는 금성산(錦城山)에 있는데 일찍이 머물러 글을 읽던 곳이다." 금
  성산은 나주 고을의 진산인데 그 서남쪽 줄기로 신걸산(信傑山)이 있고, 복암
  사는 신걸산에 있다. 이 산이 전부터 나주 임씨의 선산(先山)으로 되어 복암사
  는 거기 속해 있었던 것이다. 복암사는 현재도 남아 있다.

백운편

흰 구름 하얗기는 견줄 것이 없고
흰 구름 높기는 헤아리지 못하겠다.

하계(下界)에선 흰 구름 높은 줄만 알고
흰 구름 위에 사람 있는 줄 모르겠지.

흰 구름 위에 있는 사람 절로 아느니
고개 들면 하늘문이 한 길 남짓이라.

가슴속 울끈불끈 불평스런 일들을
하늘문 두드리고 한번 씻어보리라.

頃在城中, 遙望挈山半腹, 白雲恒冪, 今覺身在白雲外, 遂作
優體, 以白雲名篇[6]

白雲之白無與比, 白雲之高不可量.
下界惟見白雲高, 不知人在白雲上.
白雲上人豈自知, 矯首天門纔一丈.
胸中磊落不平事, 欲叩天門一滌蕩.

6 원제 "어제까지 성중에 있으면서 멀리 한라산 중턱을 바라보면 흰 구름이 항상
덮여 있었는데 지금은 내 몸이 흰 구름 위에 있음을 깨닫게 되어 우체(優體)로
시를 짓고 '백운편'이라 제목을 붙인다." '우체'는 유희적으로 짓는 시체(詩體)
로, 배체(俳體) 혹은 배해체(俳諧體)라고도 한다.

백록선인[7]

만 길이나 솟은 신비한 산
바다에 잠겼어라 푸른 그림자.

이 산속 백발의 늙은이
백록을 타고 노을을 마신다네.

휘파람 두세 가락 길게 뽑으니
천 봉우리 비추는 바다의 달.

白鹿仙人

仙山高萬仞, 影浸重溟碧.

中有鶴髮翁, 餐霞騎白鹿.

長嘯兩三聲, 海月千峰夕.

7 백호가 이 시를 지은 것은 한라산의 어떤 노승에게 다음과 같은 이야기를 듣고 감흥이 일어났기 때문이다. "여름밤에는 사슴이 시냇가로 내려와 물을 마시곤 합니다. 근래 산척(山尺, 산에 살며 사냥과 약초를 캐 생활하는 사람)이 활을 가지고 시냇가에 엎드려 엿보니, 사슴이 떼로 몰려와서 그 수효가 백 마리인지 천 마리인지 셀 수 없는 지경인데 그중 한 마리가 제일 웅장하며 털빛이 흰빛을 띠었더랍디다. 이 사슴의 등에는 백발 노옹이 타고 있지 않았겠어요. 산척은 놀랍고 괴이하게 여겨 감히 범하지 못했으며 뒤에 처진 사슴 한 마리만을 쏘아 잡았습니다. 이윽고 노옹이 사슴떼를 점검하는 것 같더니 한 가락 휘파람을 불고는 눈 깜짝할 사이에 사라졌답니다."

구름 걷히기를 기원하는 노래[8]

만력(萬歷) 육년 춘이월에
하계의 어리석은 자가 소원이 있사옵기로
바다 가운데 산 위에서
깨끗이 재숙(齋宿)한 다음
심향(心香) 한 가지 꽂아놓고
지극정성으로 비나이다.

위로 더없이 높으신
옥청존(玉淸尊)께 통하고
아래로 운사(雲師)와 풍백(風伯)
산신령님네들까지 모두
굽어살펴 주옵소서.

소인이 시원치 않아
신명과 부합하기 어렵지만
장유(壯遊) 기관(奇觀) 좋아하는
그 마음이야 알으시리다.

거문고에 칼 한 자루
짧은 베옷 걸치고서

고금의 하염없는 시름에도
노랫소리 호탕합니다.

티끌 같은 세상 풍속에
과거급제 귀히 여겨
지난해 금마문(金馬門)에 적(籍)을 두니
바로 가을바람 늦은 때입니다.

어사화 높이 꽂고
넓은 바다 건너와서
어버이 기쁘게 하고
천은에 감사드리고자

아버님 찾아뵙는 만릿길에
고향의 매화꽃 다 져가는데
진작 선산(仙山)을 찾지 못한 것이
한스럽습니다.

여윈 말에 채찍질 자주 하니
도롱이 적시는 걸 꺼려하리까.

선방(禪房)의 사흘 밤에
번뇌가 사라졌습니다.

온화한 바람 봄 햇살에
오백장군동(五百將軍洞) 찾아들어
푸른 벼랑 차가운 물
그윽한 정경 둘러보고

최고봉에 올라가서
하늘과 바다 얼마나 큰지
한번 실컷 둘러보려는데
검은 구름 거센 바람에
나그네 회포가 도리어 쓸쓸해졌습니다.

부들방석에 쪼그려 앉으니
온갖 생각 썰렁해지고
그저 시름에 겨워 귀밑머리만 희어집니다.

"사람의 지극한 소원 하늘도 따른다"
이는 예로부터 있는 말이거늘

신령님은 어찌하여
이 말씀을 지켜주지 않으십니까.

저는 바라옵나니
바람은 맑고 구름은 걷히고
바다는 푸르고 하늘은 열리어
대천세계 망망한데
저로 하여금 정상에 올라
마음껏 둘러보고
가슴속에 막힌 찌꺼기들일랑
한꺼번에 씻어내게 해주소서.

스스로 헤아리되
저의 정성은 실로 보통이 넘어
신명께서 감동하실 여지가
아주 없지 않으리니.
내일 아침이면 정녕 보게 되리다
밝은 해 솟아오르는 것을.

撥雲歌

萬曆六年春二月, 下界愚氓有所抱.

淸齋三日海中山, 心香一炷專精禱.

上徹無上玉淸尊, 下及雲師風伯山靈摠知道.

氓之落落難合神, 明知壯遊奇觀心所好.

尺琴孤劍短布衣, 今古閑愁歌浩浩.

塵寰末路貴科第, 去年通籍金門, 政是秋風老.

宮花高揷度重溟, 慰悅親庭謝洪造.

晨昏萬里, 落盡故園梅, 來訪仙山恨不早.

鞭羸誰憚滿蓑雨, 三宿禪窓除熱惱.

惠風遲日將軍洞, 翠壁寒流許幽討.

擬登最高峯上, 一觀天海大, 如何雲黑風顚, 客懷還草草.

蒲團縮坐百慮灰, 但覺愁邊吟鬢皓.

人欲天從古有語, 此語如何神不保.

我願風淸雲卷, 海碧天空, 莽莽大千界, 令我登臨縱觀, 胸中芥滯一時掃.

自度精神固非等閑流, 感激冥冥不無理, 明朝擬見日杲杲.

---

8 백호가 한라산 존자암(尊者庵)에 머물 때 정상에 올라 자신이 경관을 마음껏
조망할 수 있도록 구름이 걷히기를 기원하는 의미에서 이 시를 지었는데, 과연
그 효험으로 얼마 뒤에 구름이 걷혔다고 한다.

한라산

장백산 남녘이요 약목(若木)⁹의 동쪽
푸른 연꽃이 파도 위에 높이 꽂힌 듯.

선학(仙鶴)은 하늘에서 훨훨 내려오고
신오(神鰲)는 태곳적부터 기세도 웅장해라.[10]

정상을 바라보면 언제나 검은 구름 감돌고
하늘이 어둑할 때부터 해바퀴 붉게 솟네.

칡넝쿨 산죽이 오솔길 뒤덮고
풍경소리 쇠북소리 절문은 닫혀 있네.

지령(地靈)보다 위대한 것 없는 줄 분명히 알겠으니
기특한 물건 좁은 섬에 이다지 많이 나오다니.

칠분(七分)의 두괴(斗魁)는 전해오는 옛이야기[11]
세 곳의 금성탕지(金城湯池) 절제사가 다스리네.[12]

들판에 가득 적다마(赤多馬)들 나라에서 기르는 말
마을마다 귤과 유자, 가을의 풍광일세.

멀리서 온 나그네의 구경거리 풍족하니
눈사치 끝없는 욕심 괴이타 하지 마오.

선계(仙界)를 그려 꿈꾸기 몇번이던가
일년의 해수(海戌)에 쪽배 타고 들렀노라.[13]

지금 나 여기 청명절에 오르니
산비는 부슬부슬 월계수를 적시네.

漫題漢拏山

長白山南若木東, 靑蓮高揷海波中.

九天仙鶴蹁躚下, 萬古神鰲氣力雄.

絶頂常時雲物黑, 上方殘夜日輪紅.

蔓香細竹藏幽逕, 微磬淸鍾閉梵宮.

須信地靈無與大, 始知奇産此爲豊.

七分魁斗流傳古,[*] 三設金湯節制通.^{**}

滿野騂驪盡天育, 千村橘柚足秋風.

秖增遠客遊觀富, 休怪貪夫侈欲窮.

幾度仙區作短夢, 一年海戍爲孤蓬.

我來政値淸明節, 山雨蕭蕭濕桂叢.

●三姓初出, 仰見天文, 象斗魁築壇而居, 今其遺趾, 濟州城內在

●●謂三邑也

9 중국 고대신화에 나오는 나무로 해 뜨는 곳에 있다고 함.

10 옛날 중국 전설에 큰 거북이 검은 바다에서 산을 지고 있는데, 그곳이 신선의
세계라 하였다. 이 구절은 한라산을 그런 선계의 산으로 표현한 것이다.

11 원주 "삼성(三姓)이 처음 출생해서 천문(天文)을 올려다보고, 두괴(斗魁)를
본떠서 단(壇)을 세우고 살았다. 지금 유지(遺址)가 제주성 안에 있다." '삼성'
은 고씨(高氏)·양씨(梁氏)·부씨(夫氏)의 시조인 고을나(高乙那)·양을나(梁乙
那)·부을나(夫乙那)를 말하며, '두괴'는 북두칠성의 제1~4성(星)을 가리킨다.

12 원주 "세 고을을 이른다." 세 고을은 제주(濟州)·정의(旌義)·대정(大靜)이다.
제주목사가 절제사(節制使)의 임무를 겸하여 세 고을을 통괄했다.

13 해수(海戍)는 바다의 방어진지를 뜻한다. 당시 백호가 자기 부친이 제주목사
로 방어의 임무를 띠고 있는 데 왔기 때문에 이렇게 표현한 것으로 생각된다.
'금성탕지'는 쇠로 만든 성과 끓는 물로 채워진 연못이라는 뜻으로 매우 견고
하여 침범하기 어려운 장소를 비유한다. 여기서는 세 고을이 천혜의 요새라는
뜻으로 쓴 것이다.

제주의 민속

큰 바다 아득히 하늘과 맞닿았는데
온 고을 백성과 만물이 두둥실 섬 위에 얹혀 사네.

한라산 높은 봉우리 구름 노을 예와 같고
성주촌(星主村) 마을에는 초목이 성글어라.

과일 중엔 금색 귤이 가장 맛있고
반찬으론 옥두어(玉頭魚)[14]가 빠지지 않더라.

나무통에 물을 길어 아이 업듯 짊어지고
집집마다 돌담장을 쌓았구나.

紀濟州風土一律[15]

鯨海茫茫接太虛, 一州民物寄浮苴.
漢挐峰頂雲霞古, 星主村邊草樹疎.•
園果最珍金色橘, 盤饌多用玉頭魚.
木桶汲泉如負子, 家家築石作門閭.
•新羅賜耽羅王子號星主[16]

14 옥돔과의 물고기.
15 원제 "제주도 풍토를 기록한 율시 한 편을 짓다."
16 원주 "신라에서 탐라왕자에게 '성주(星主)'라는 칭호를 내려주었다."

영랑곡[17]

삼월이라 삼짇날 복사꽃 활짝 피어
돛단배들 두둥실 바다를 건너오면

곱게 단장하고 별도포[18]에 노닐다가
해 지는 언덕 위로 팔짱 끼고 돌아온다네.

迎郞曲

三月三日桃花開, 雲帆片片過海來.
姸粧調笑別刀浦, 岸上斜陽連袂廻.

---

17 이「영랑곡」과 다음에 나오는「송랑곡」에 대해서 백호는 다음과 같이 설명하
고 있다. "제주 사내들은 배가 침몰하여 돌아오지 못하는 사람이 한해에 적어
도 백여 명이나 되었다. 때문에 이곳은 여자가 많고 사내는 적어 촌마을의 여자
들은 제 짝이 드물었다. 매년 3월에 수자리 살러 원병(援兵)이 들어오면 여자들
은 곱게 단장하고 술을 들고 나와 별도포(別刀浦)에서 기다린다. 배가 포구로 들
어오면 술을 권하여 서로 친해져서 자기 집으로 맞아간다. 8월에 수자리가 파
하면 그 사람은 떠나게 되어 눈물을 흘리며 송별하는 것이다. 이에 나는「영랑
곡(迎郞曲)」「송랑곡(送郞曲)」을 지었으니, 역시 변풍(變風)의 곡조이다.' '원병'
은 전라도 남쪽 고을에서 제주도로 수자리를 살러 온 군인을 가리키는 말이다.
18 『신증동국여지승람(新增東國輿地勝覽)』「제주 산천조」에 "별도악(別刀岳)은
제주 동쪽 7리에 있다"하였고, 또 "별도천(別刀川)은 제주 동쪽 8리에 있다"고
하였다.

송랑곡

조천관[19] 안에는 눈물 젖은 고운 얼굴
뱃사공 어서 가자 돛을 바삐 올리네.

새악시의 안타까운 심사 동풍이 아랑곳하랴
재빨리 배를 날려 푸른 하늘로 떠가누나.

送郎曲

朝天館裏泣愁紅, 黃帽催行理短蓬.
東風不道娘娘怨, 吹送飛舟度碧空.

19 제주시 북제주군 조천읍 조천리 바닷가에 있다. 주로 관리들이 묵던 곳이며,
   제주와 뭍을 연결하는 가장 중요한 뱃길이 이곳 바닷가에서 시작된다.

모흥혈

먼 옛날 세 이인(異人)이
이 섬에서 솟아났다고

그 구멍 셋이 남아 있는데
봄풀이 자라 파묻었네.

기이한 종적 물을 곳 없거늘
소와 양 다니는 길에 해는 저물어.

毛興穴•往事荒詭, 樵牧閑談[20]

昔有三異人, 湧出於玆島.
古穴餘鼎分, 埋沒生春草.
奇蹤問未能, 日暮牛羊道.

[20] 원주 "황당한 옛일을 초동들이 한가롭게 이야기하다." '모흥혈'은 '삼성혈(三
姓穴)'이라고도 하며, 제주도 사람들의 시조인 고을나·양을나·부을나가 솟아
났다고 전해지는 곳이다.

배를 매고

배를 매자 도리어 적막하더니
밤이 오자 비가 주룩주룩 쏟아지누나.

먼 포구엔 구름만 부질없이 잔뜩 끼어서
선경(仙境) 가는 길 점점 더 아득해지네.

산에 핀 꽃 나무마다 눈물 맺히고
갈매기는 두어 마디 울음을 우네.

나그네 신세에 계절이 느꺼워서
촛불 돋우고 새 시를 짓노라.

繫舟

繫舟還寂寞, 入夜雨凄凄.
極浦雲空積, 仙洲路轉迷.
山花幾樹淚, 沙鳥數聲啼.
客意兼時物, 新詩剪燭題.

3부

길 위에서

3부는 백호가 우리나라 방방곡곡을 다니며 길 위에서 보고 듣고 느낀 일을 읊은 작품이 중심이다. 백호는 그 당시 인물로는 드물게 조선 팔도를 남에서 북으로 두루 다닐 수 있었다. 전라도 나주(羅州)가 고향이지만, 충청도 보은(報恩)의 속리산에서 공부했고, 한양에도 집이 있었다. 또 부친의 임지를 따라 경상도에도 있었으며, 2부에서 살펴보았듯이 제주도까지 다녀와 따로 기행시문집을 남겼다. 그리고 벼슬길에 올라서는 평안도와 함경도에서 오래 근무했다.

　「고당을 지나며」「기행」「행로난」은 1577년 백호가 28세 되던 때 스승 성운을 하직하고 그동안 학업에 정진하던 보은의 속리산을 나와 영동(永同), 무주(茂朱), 임실(任實)을 거쳐 고향인 나주로 돌아가는 도중에 지은 작품들이다.

　「구룡담에서 남쪽으로」「대곶섬」「돌섬의 석단 위에 올라」「취승정」은 모두 평안도의 아름다운 풍광을 노래한 것이고,「답청날」역시 이곳의 답청날 풍속을 보고 고향생각이 나서 지은 작품으로 보인다.「길에서 본 이야기」는 가뭄이 든 태천(泰川)을 살피러 갔다가, 백발 노인이 아흔살이 되는 어머니를 모시고 어려움 속에서 서로 의지하고 사는 모습을 보고 감격하여 읊은 것이다.「선천 가는 길에」는 10수의 연작시로, 공무로 다니며 길에서 보고 느낀 이런저런 광경과 감회를 담고 있다.

　제목이 똑같은 칠언절구「길에서」와 칠언율시「길에서」는 모두 봄날 여행중에 지은 작품이지만, 분위기가 사뭇 서로 다르다.「매서운 추위」는 몹시 추운 어느 겨울날 두메 산골의 모습을 한 폭의 그림처럼 옮겨놓았고,「대둔사로 놀러 가는 길에 짓다」는 잠시 공무에서 벗어나 단풍놀이를 가는 경쾌한 기분을 노래하였다.

고당을 지나며[1]

바람 불고 눈 몰아치는 고당(高唐) 가는 길
칼 한 자루 거문고 하나 천릿길 나그네.

종은 떨고 말은 병들어 의지 없는 신세련만
휘파람 불고 노래하니 신명이 나나보다.

까마귀 우는 높은 나무 저녁 안개 차가운데
개 짖는 외로운 마을 백성들 집 가난하구나.

아련히 고향생각 갑자기 일어나니
금수(錦水)가엔 매화 피어 벌써 봄이겠지.

高唐道中

大風大雪高唐路, 一劍一琴千里人.
僮寒馬病却無賴, 嘯志歌懷如有神.
鴉啼喬樹暮煙冷, 犬吠孤村民戶貧.
悠悠忽起故園思, 錦水梅花南國春.

1 양경우(梁慶遇, 1568~1638)의 『제호시화(霽湖詩話)』에는 백호가 20대 초반에
  이 시를 지었는데, 대곡 성운이 이 시를 보고 그를 기특하게 여겨 한번 만나보
  고자 하여 사제관계가 맺어졌다고 기록되어 있다. 그러나 최근 소개된 백호의
  문집 『겸재유고(謙齋遺藁)』를 검토해보면, 이 시는 1577년 백호가 29세 되던 때
  지은 것이다. 『신증동국여지승람』 권16 충청도의 「영동 산천조」에 "고당포(高
  唐浦)는 영동읍 15리에 있다"고 나와 있다. '고당(高塘)'으로 표기되기도 하는
  데, 같은 곳으로 보인다.

한풍루에서[2]

보허사(步虛詞) 노래하던 곳 신선들이 흩어지니
누각이 따로 서서 큰 자라 탄 형상이라.[3]

반가운 길손이 뜻밖에 들렀으니
자하주(紫霞酒) 실컷 권하고 맘껏 노닌다네.

고요한 밤 달 밝은데 여울이 꽁꽁 얼고
찬 구름 바람에 쓸려 눈 쌓인 산 우뚝하구나.

온갖 꽃 활짝 핀 늦봄을 기다려서
꿈결에 물새 따라 강둑을 거닐고자.

茂朱寒風樓

步虛堂上散仙曹, 別起高樓駕巨鰲.
靑眼客來逢邂逅, 紫霞杯罷醉遊遨.
月當靜夜氷灘壯, 風折寒雲雪岳高.
會待芳菲春暮節, 夢隨沙鳥過江皐.

2 『동국여지승람』 권39 「무주현(茂朱縣) 누정(樓亭)조」에서 "한풍루(寒風樓)는 객관(客館)의 앞에 있다"고 하였다. 한편, 『겸재유고』 권2에는 "장판관(張判官)의 집에서 떠나려고 하는데, 고을 원님이 이 말을 듣고 여러 번 초대하여 달이 뜬 밤에 새로 지은 누각에 술자리를 마련하였다. 누각은 원님이 신축한 것인데, 가운데에 온돌방이 있어 그 양식이 매우 좋았으며, 복도로 한풍루와 연결되어 있었다. 술이 거나해져 자못 흥취가 도도하여 율시를 지어 원님에게 바치다"라는 제목으로 실려 있다. 이를 통해 한풍루와 그 부속 건물에 대한 좀더 풍부한 정보를 알 수 있으며, 이 시가 본래 한풍루가 아니라 그 부속 누각에서 지은 것임을 알려준다. 한풍루는 훗날 임진왜란 때 왜군의 방화로 소실되었는데, 무주 현감으로 부임해 이를 재건한 이가 바로 백호의 아우인 임환(林懽, 1561~1608)이다.

3 보허사는 신선을 묘사한 노래로 본래 도교의 악곡에서 유래했다. 큰 자라가 삼신산(三神山)을 짊어지고 있다는 것 역시 도교에서 유래한 이야기이다. 『전선명승고적(全鮮名勝古蹟)』에 의하면 무주에 신선이 내려와 놀던 전설이 결부된 유적으로 강선대(降仙臺)와 사선암(四仙岩)이 있다. 이 두 줄은 이런 전설과 관련해서 한풍루를 신선들이 사는 세계로 묘사한 것이다.

기행

새벽녘 무주 고을 떠나는데
구름 칙칙하고 빙판길 험하여라.

우연히 장씨댁[4] 말 빌려 타
길 가기 한결 수월한데

산천경개 또한 썩 볼 만하니
노고를 달래기에 충분하네.

말이 지치자 해도 저물어
시내 언덕 어둠이 고루 퍼진다.

진안 고을 북쪽으로 십리 되는 곳
언건촌(偃蹇村) 마을로 들어서니

때마침 마을사람들 술자리 벌여
취해서들 바야흐로 왁자지껄

길손에게도 한잔 술 권하는데
그 뜻이 또한 은근하여라.

백성들이 즐김을 생각해보라
성군(聖君) 위해 축하할 일 아닌가.

새벽녘에 관솔불 밝혀 비추고
행장을 챙겨 출발하니

운무로 앞길 희미한데
저 멀리 임실을 가리키네.

紀行

晨發茂朱縣, 雲陰氷路難.
偶得張家馬, 行李賴以安.
多有好山水, 頗足慰苦辛.
馬倦日已暮, 川原暝色均.
鎭安十里北, 投宿偃蹇村.
適屬鄕人飮, 醉語方喧喧.
勸客一盃酒, 其意亦慇懃.
翻思民樂業, 深賀聖明君.

淸曉照松明, 束裝我行發.

雲霧迷前途, 遙遙指任實

---

4 10부의 시「장필무 장군을 추억하며」에 나오는 장의현 댁을 가리키는 것으로 보
인다.

행로난[5]

그대는 못 보았나 행로의 험난함을
무주 진안 산중을 가보아라.

높은 곳은 사다리 타고 하늘을 오르는 듯
낮은 데는 움푹 꺼져 땅속으로 들어가는 듯.

벼랑 타고 만 길을 굽어보니
한 발자국 천릿길인 양 시름겨워.

대낮인데 해는 봉우리에 가리고
저녁 전에 오가는 사람 벌써 끊어지네.

따뜻하면 진흙 녹고 추우면 얼어붙어
빙판은 미끄럽고 진흙탕은 발이 빠져.

산에는 호랑이 물에는 이무기
행로의 험난함을 말로 다 표현하랴.

사람 마음 한 치 속에 구의산[6]이 들었으니
그대는 말을 마오, 가는 길 험난하기는 말로 다 못한다고.

行路難

君不見行路難, 茂朱鎭安山峽裡.

高者如梯天, 下者如入地.

緣崖俯萬仞, 寸步愁千里.

停午日隱峯, 未夕行人絶.

暖則泥融寒則氷, 氷滑易顚泥陷沒.

虎豹在山龍在水, 行路之難不可說.

人心方寸有九疑, 君莫道行路之難不可說.

---

5 행로난(行路難)은 악부의 잡곡(雜曲) 가사의 명칭. 대개 행로의 험난함을 표현
  하는 내용으로 이백(李白)의 작품이 유명하다.
6 구의산(九疑山)은 중국 후난성(湖南省)에 있는 산. 『수경주(水經注)』에 "구의산
  은 봉우리가 아홉인데 봉우리가 다르면서 형세가 유사하므로 구경하는 사람이
  현혹된다. 그러므로 '구의(九疑)'라 한다"고 하였다.

선천 가는 길에

1

내 마음 알아주는 건 거문고 하나
세상 비위 맞추는 재주 없다오.

어허! 밝은 세상에 태어난 몸이
늘상 말안장에 앉아 떠돌고 있다니.

2

추풍[7]이라 천리마를 내 탔으니
옥처럼 하얀 한 필의 호마(胡馬).

사방 국경에 전쟁먼지 일지 않으니
천금의 값어치를 뉘 알아줄까.

3

접해(鰈海)[8]에 천겹 만겹 구름 일더니
용천(龍川)에 한나절 소낙비 내리네.

옷이 다 젖었다 탓하지 않으리
단비에 대지가 소생하는데.

4

시서(詩書)에나 힘쓰던 몸이
객지 먼 길로 고생하며 다닌다오.

하늘문 두드려 갈 수 있다면
산들바람 타고서 곧장 올라갈 텐데.

5

서도(西道)라 머나먼 만릿길을
홀로 갔다 홀로 오는 나그네라네.

휘파람 불다가 노래 부르다
사람 만나도 한마디 말이 없네.

6

옛 도는 날로 날로 시들어가니
날 알아줄 사람 어디서 만날 건가.

에라! 옷자락 털고 훌쩍 떠나서

내 고장 푸른 골짝에 깃들어 살리.

7

글과 칼 좋아하는 실의한 길손
풍진 세상에 한심한 사람.

지난해도 올해도 변방을 떠돌며
내 고향 봄을 보지 못하니.

8

황천(皇天) 향해 속으로 비나니
금계(金鷄)를 어서 놓아⁹ 관문(關門)을 떠나

남쪽 땅 옛 고장 성황당 아래로
아비 아들 한시에 돌아가게 하소서.

9

하늘가 높고 낮고 푸르른 봉우리들
우리 아버님 지금 저 너머 계신다오.¹⁰

한 걸음 두 걸음에 고개 돌리며
그리다 못해 허리띠 헐거워지네.

10
해는 저물어도 아직 가야 하는데
수풀도 어둑어둑 나는 새도 드물다오.

오늘밤 묵을 곳 벗님의 집 아니련만
그래도 닫는 말을 채찍질한다오.

發龍泉, 冒雨投宿宣川郡, 途中吟策馬雨中去, 逢人關外稀
之句, 乃分韻成五言絶句十首[11]

1
知心有短桐, 應俗無長策.
嘆息休明人, 常爲鞍馬客.
2
我有追風騎, 胡驄玉面馬.
塵沙靜四關, 誰識千金價.

3

千重鰈海雲, 一陣龍川雨.

莫惜濕征衣, 甘霖蘇九土.

4

從事詩書府, 勞生客路中.

天關如可叩, 直欲御泠風.

5

西州萬里程, 有客獨來去.

長嘯復長歌, 逢人無一語.

6

古道日蕭索, 知音那可逢.

莫如拂衣去, 舊墅巢雲松.

7

書劍龍鍾客, 風塵伮儗人.

年年關塞上, 不見故山春.

8

暗向皇天禱, 金鷄早出關.

南鄕舊豚社, 父子一時還.

9

天際亂峯晴, 吾親住其外.

行行首獨回, 相憶寬衣帶.

10

日暮尙行役, 林昏歸鳥稀.

所投非舊識, 猶自促征騑.

7 추풍(追風)은 명마의 이름. 『낙양가람기(洛陽伽藍記)』에 "후위(後魏)의 하간왕
   (河間王) 침(琛)이 사신을 페르시아로 보내 천리마를 얻었는데 그 이름을 '추
   풍'이라 했다"는 기록이 있다.

8 황해(黃海)를 가리키는 말.

9 임금이 온 세상에 기쁜 소식을 전하는 의식. 옛날 천자가 사조(赦詔)를 반포하
   는 날에는 금계를 대나무 장대 머리에 달아서 길일(吉日)임을 표시했다 한다.

10 백호의 부친이 무장으로 당시 평안도 지방에 근무하고 있었기 때문에 이렇게
    쓴 것이다.

11 원제 "용천(龍泉)을 떠나서 비를 무릅쓰고 선천군(宣川郡)에 가서 묵다. 도중
    에 '빗속에 말을 채찍질해 가니, 관문 밖이라 만나는 사람도 드물리라'라는 시
    구를 읊고서 마침내 운자(韻字)로 나누어 오언절구 10수를 지었다." 원제 속의
    시구는 당대(唐代) 시인 위응물(韋應物, 737~804)의 「유차현 임명부를 전송하
    며(送楡次林明府)」의 함련(頷聯)이다.

구룡담[12]에서 남쪽으로

길손이 구룡협 지나노라니
연파(烟波)에 외로운 배 더디 가네.

해 지는 요동(遼東) 바다 툭 트이고
바람에 계주(薊州)[13]의 구름 흩날리누나.

장한 뜻은 천리를 내달릴 듯한데
여기서 이런 좋은 유람 할 줄이야.

강 꽃은 아양스레 말 걸고 싶은 양
고운 비단옷을 시새워하네.

自九龍潭順流而南

客過九龍峽, 煙波孤棹遲.

日沈遼海大, 風振薊雲微.

壯志凌千里, 淸遊此一時.

江花嬌欲語, 妬殺越羅衣.

12 구룡담(九龍潭)은 의주에 있는 물이름.『신증동국여지승람』권53에 "구룡연
(九龍淵)은 의주 북쪽 8리에 있다"고 하였다. 이 시는 구룡담에서 압록강을 따
라 하류로 내려가며 지은 것이다.
13 계주(薊州)는 지금의 중국 톈진(天津) 부근의 지명.

길에서

홍도화 다 피었고
매화 이미 열매를 맺어
사랑스런 봄빛이
사람을 좇아오누나.

남녘 구름 다사로운데
북풍은 쌀랑하니
한양에 당도하면
꽃이 한창 피겠구나.

途中

發盡穠桃結小梅, 可憐春色逐人來.
南雲已暖北風冷, 若到京華花政開.

길에서 본 이야기

태천 읍내 서편으로 고원(古院)의 동쪽
시냇물 한 굽이 돌자 가난한 오두막집.

사립문 닫힌 채 연기도 오르지 않는데
어머니는 아흔이요 아들도 백발이라.

도토리 산나물도 이어가기 어렵거늘
이들 모자 무얼 먹고 보릿고개 넘기려나.

굶주림 함께 참고 천륜을 온전히 지키나니
소매 뿌리치고 떠난다면 세상에 얼마나 한스럽겠소.

길손이 이 모자를 보고 잠깐 머물러
따스한 봄볕[14] 홀로 쬐며 눈물 줄줄 흘리네.

以救荒事, 行遍窮村, 到泰川境, 見七十歲老翁奉九十慈親,
感而紀事.[15]

泰川縣西古院東, 一曲溪回懸罄室.
柴扉晝閉斷無煙, 母年九十兒白髮.

山蔬橡實不盈筐, 兒母將何度春日.

同飢猶自保天倫, 何恨人間斷裾別.

征夫見爾立斯須, 獨對春暉淚如血.

14 따스한 봄볕〔春暉〕은 어머니의 자애를 생각하는 비유로 쓰인다(孟郊「遊子吟」,
"慈母手中線, 遊子身上衣. 臨行密密縫, 意恐遲遲歸. 安將寸草心, 報得三春暉").

15 원제 "구황(救荒)을 위해 궁벽한 마을을 돌아다니다가 태천(泰川) 지경에 당
도하여 70세 늙은이가 90세 된 어머니를 받드는 것을 보고서 느꺼움이 있어 사
실을 기록하다."

대곶섬

샛강의 풍물은 보기에 놀라워라
섬 가득한 연하(煙霞) 풍광과 어우러져.

넓은 풀밭에 날뛰는 만 마리 말떼
석양 속에 명멸하는 외로운 깃발.

꽃은 장막처럼 주홍빛으로 산을 감싸고
바다는 포도주 끓듯 창공에 비쳐 푸르다.

아흔날 봄빛이 취한 듯 지나가니
한잔을 다시 들어 하느님께 사례하네.

大串 • 在鐵山[16]

歧州風物還警眼, 彌島煙霞勝賞同.
萬馬騰驤平楚外, 孤旌明滅夕陽中.
花成幄幕紅圍岫, 海潑蒲萄綠暎空.
九十韶華醉經過, 一盃重爲謝天公.

16 원주 "철산에 있다." 『신증동국여지승람』 권53 「철산군 산천조」에 "대곶도(大
串島)는 군 남쪽 19리에 있는데 목장이 있으며, 봄가을로 관(官)에서 치제(致
察)한다"는 기록이 보인다.

답청날

3월이라 삼진날은 명절의 하나
좋은 시절을 나그네 신세로 보내다니.

강둑엔 풀이 자라 봄 물결 넘실대고
해악(海嶽) 위 나직한 하늘 저녁 안개 자욱한 걸.

보슬비는 관각(官閣) 옆의 버들잎만 살찌우고
가벼운 추위 난간 아래 꽃소식을 늦추누나.

거문고 곡조에 남도소리 들려오니
풍강(楓江)¹⁷의 뱃노래가 아슬히 생각나지.

踏靑日卽事

三月之三乃佳節, 不堪爲客度年華.
湖堤草長春波闊, 海嶠天低夕靄多.
小雨只饒官閣柳, 輕寒未放玉欄花.
吳絃郢曲頻相送, 遙憶楓江欸乃歌.

17 풍강은 백호의 고향 마을 앞으로 흐르는 영산강의 별칭.

돌섬의 석단 위에 올라

석대가 우뚝 솟아 바다에 드리우니
풍악(風樂) 속에 전망하며 석양을 보내노라.

아득히 넓은 하늘에 섬들이 둥둥 떠 있는 듯
어룡(魚龍)이 안개를 불어 달빛은 어둑어둑.

금루곡(金縷曲)[18] 불러 구름 술잔 기울이고
춤 소매 꽃을 스치자 비단방석 향기로워라.

훗날 열세 역(驛)[19]에 풍사(風沙)가 휘날리면
오늘의 이 놀이 추억하며 산과 바다 돌아보리.

島西有石嶼, 上築方壇 ● 壇之西周, 古松環繞, 諺號倭臺[20]

石堂偃蹇覆重溟, 簫鼓登臨送夕陽.
島嶼浮空天遠大, 魚龍吹霧月蒼茫.
歌傳金縷雲罍亞, 舞拂花叢綺席香.
他日風沙十三驛, 清遊回首海山長.

18 곡조의 명칭으로 금루의(金縷衣)라고도 부른다.
19 백호가 찰방으로 있던 고산도(高山道)는 13개 역을 관장하였다.
20 원제 "섬의 서쪽에 돌섬이 있는데, 위에 네모난 단(壇)을 쌓았다." 원주 "단 주
  위에는 노송이 빙 둘러 있는데 이 고장에서 왜대(倭臺)라고 부른다."

취승정

누마루 아슬아슬 계북(薊北)[21] 하늘에 닿아 있고
열두 칸 마루 주렴이 석양에 걸렸네.

한 굽이 압록강은 저 멀리 바다로 통하고
천 길의 성가퀴 반나마 구름에 들어라.

눈 덮인 묵정벌에 길 한 줄기 가느다랗고
저물녘 두루미는 하나둘 돌아오누나.

벼슬뜻 고향생각 모두 걷잡을 수 없으니
달 아래 들려오는 피리소리 어찌 견디리.

聚勝亭 • 在義州[22]

危檻平臨薊北天, 緗簾十二捲斜曛.
鴨江一曲遙通海, 雉堞千尋半入雲.
寒雪古原微有路, 暮林歸鶴不成群.
宦情鄕恩俱無賴, 羌笛那堪月裡聞.

21 계주의 북쪽, 랴오뚱(遼東) 지역을 가리킨다.
22 원주 "의주에 있다."

매서운 추위

산 아래 외진 마을
문 굳게 닫혔는데
냇가 다리 해 저물자
푸른 연기 오르네.

돌샘은 얼어붙고
발자취 끊겼으니
아마도 산골 아낙네는
눈 녹은 물로 밥 지으리.

苦寒

山下孤村深閉門, 溪橋日晚靑煙起.
石泉凍合無人蹤, 知有山妻炊雪水.

길에서

역마(驛馬) 타고 바람처럼 역로(驛路) 따라 머나먼 길
장교(長郊) 냇가 언덕에는 석양이 비끼었네.

들판 못물에는 벌써 고미[23]의 푸른 잎 피어나고
산골 장터에서 처음 고사리 새순 맛보는군.

철따라 나는 산물 절로 고향생각 일어나니
공무에 매인 몸이 어느 겨를에 나이 드는 걸 헤아리리.

평생 부질없이 운대의 그림을[24] 꿈꾸었으나
늦게야 드는 생각은 대숲 푸른 우리 집뿐이라오.

途中

驛騎追風驛路賒, 長郊川畔日將斜.
野塘已吐靑菰葉, 山市初嘗紫蕨芽.
節物自然傷遠思, 征夫何暇算年華.
平生謾擬雲臺畫, 晩計如今水竹家.

23 '고미〔菰〕'는 물풀의 일종으로 그 열매는 먹기도 함.
24 '운대(雲臺)의 그림'은 후한 때 중흥 공신들의 초상을 가리킴. 여기서는 백호
 자신이 경세의 큰일을 해보려는 뜻이 있었다는 의미로 쓴 것이다.

대둔사[25]로 놀러 가는 길에 짓다

관아에서 검정 사모(紗帽) 쓰자니
안화(眼花)가 잔뜩 끼고[26]

책상에 쌓인 문서
안개로 가리운 듯.

우연한 발걸음 명산을 향해
가을 경치 마음껏 바라보니

조각구름 외로운 새
아득한 줄 모르겠네.

遊大芚山途中作

黃堂烏帽眼昏花, 堆案文書若隔霞.
偶向名山騁秋望, 片雲孤鳥不知賒.

25 대둔사(大芚寺)는 지금의 해남 대흥사(大興寺)이다.
26 시력이 쇠하여 눈앞이 가물가물해지는 것.

4부

변새(邊塞)의 노래

여기 뽑힌 작품들은 백호가 31세 때인 1579년(선조12) 함경도 고산도 찰방(高山道察訪)으로 부임한 뒤에 지은 시들이 주류를 이룬다. 백호는 시가를 잘 짓고 호탕했기 때문에 이곳 사람들은 그의 풍채를 몹시 사랑해서 오래도록 잊지 못했다고 한다(강준흠姜浚欽 『삼명시화(三溟詩話)』).

이 시들은 5부 '수줍어서 말 못하고'에 실린 시들과 함께 이 선집에서 한시사적으로 가장 주목할 만한 정채로운 작품들이다. 백호의 변새시가 특별한 것은 그가 당대의 문학적 풍조에 영향을 받았지만, 자기 스스로의 변새 체험을 잘 녹여서 지었기 때문이다. 백호의 부친 임진은 다섯 도(道)의 병마절도사(兵馬節度使)를 역임한, 당대를 대표하는 무인 중의 한 분이었고, 백호 자신은 칼 대신 붓을 잡았지만 포부만은 어느 장군 못지 않았다. 게다가 벼슬살이 대부분을 평안도와 함경도에서 보냈기 때문에 변새 지방의 생활을 직접 체험할 수 있는 기회가 많았다.

「꿈을 꾸고 나서」와 「역루」는 백호의 포부를 볼 수 있는 작품들로, 앞의 시는 '꿈'을 빌려 자신의 기백을 읊은 작품이고, 뒤의 시 역시 당대부터 협기(俠氣)가 펄펄 끓는다는 평가를 받았다(허균 『성수시화(惺叟詩話)』). 또 「잠령(蠶嶺)의 민정(閔亭)에서」는 당시 조선 국방정책의 문제점에 대한 심각한 우려가 담겨 있다.

「기행」은 한겨울에 고산찰방으로서 군량을 운반하는 책임을 맡아 병사들을 이끌고 행군하며 보고 들은 것을 여섯 편으로 엮은 작품인데, 병사들의 피로움과 산골 마을의 풍속이 생생하게 묘사되어 있다. 「적유령」 「황초령을 밤에 넘으며」 「장가행」 등은 모두 공무를 띠고 고산준령을 홀로 혹은 병사들을 이끌고 넘으며 보고 느낀 일들을 담고 있다.

이밖에 「홍원에서」와 「마운령」은 변새의 풍물을 보고 느낀 향수(鄕愁)를 읊었으며, 「상산협에서」와 「원수대」는 북관의 경물을 묘사하고 자신의 정회를 부친 작품이다. 「파저강」은 평안도 초산(楚山)에서 지은 것인데, 이민족들이 자주 출몰하는 압록강 주변의 상황을 화폭처럼 담고 있다.

「북평사 이영을 송별하며」와 「경성판관으로 가는 황경윤을 보내며」는 변새로 부임하는 벗들에게 준 송별시인데, 백호 자신의 변새 체험과 호방한 기운이 잘 드러나 있다. 특히 뒤의 시는 백호가 임종 직전에 지은 작품임에도 조금도 그 기상이 꺾이지 않아 후대 비평가들이 경탄해 마지 않았다.

마지막에 붙인 시조는 백호의 부친 임진이 무인들의 생활을 그린 작품인데, 『악학습령(樂學拾零)』 『진본청구영언(珍本靑丘永言)』 등에 실려 있다. 한시는 아니지만 '변새시조'라 할 만하다. 백호의 변새시와 함께 읽어 보면 그 이해의 폭이 더 넓어질 것이다.

꿈을 꾸고 나서

1

벼슬살이 맛이란 초보다 시큼하고
쓸쓸한 행색은 스님과 다름없어도,

웅심(雄心)은 꿈속에 아직 남아서
철마 타고 빙하를 건너간다오.

2

백우전(白羽箭)엔 뽀얗게 먼지 꼈는데
꿈에서는 황룡부(黃龍府)[1]로 건너간다네.

역정(驛亭)의 벼슬에 몸을 부친 신세라도
쪼그려 앉아 「양보음(梁甫吟)」[2]을 노래하노라.

窮年鞍馬, 髀肉已消, 而旅枕一夢, 尙在龍荒之外, 感而有作●
高山察訪時作[3]

1

宦味酸於醋, 行裝淡似僧.
雄心夢猶在, 鐵馬渡河氷.

2

塵生白羽箭, 夢渡黃龍府.

郵亭寄一官, 抱膝吟梁甫.

1 황룡부는 지금의 중국 지린성(吉林省) 눙안현(農安縣) 일대. 금나라 때 정치·경
  제의 중심지였다. 금나라가 북송의 수도인 개봉(開封)을 함락하고 휘종(徽宗)
  과 흠종(欽宗)을 사로잡아 가서 여기에 가두었다. 남송의 명장 악비(岳飛)는 이
  러한 상황을 개탄하여 단숨에 이곳까지 밀고올라가고 싶다는 말을 남기기도
  하였다.(『宋史·岳飛傳』) 여기에 황룡부를 쓴 것은 조선의 북방에 있던 여진족
  이 금나라의 후예이기 때문이다.
2 제갈량이 즐겨 부르던 노래로 '양보'는 태산 기슭의 산. 시인이 큰 포부를 잃지
  않고 있음을 의미한다.
3 원제 "한해가 다 가도록 말을 타고 다니다 보니 허벅지살이 다 빠졌는데, 객지
  에서도 오히려 저 변방 너머를 달리는 꿈을 꾸니, 느꺼워 이 시를 짓다." 원주
  "고산찰방(高山察訪) 때에 지음." 고산은 함경남도 안변(安邊) 땅에 있던 역으
  로 백호가 이곳에 찰방으로 부임하기는 31세(1579) 때의 일이다.

잠령蠶嶺의 민정閔亭에서

동녘 바다에는 큰 고래 날뛰고
서쪽 변방에는 흉악한 멧돼지[4] 내닫는데

강목을 지키는 병사들 처량하고
해안에는 방벽 하나 제대로 없구나.

나라의 계책 이래서야 쓰겠는가
제 몸보신만 생각한다면 어찌 대장부랴!

찬바람 다시 또 불지 않으니
절영마(絶景馬)[5] 속절없이 귀가 처졌네.

뉘라서 알랴! 베옷 입은 이 사람
웅대한 마음 하루 천리를 달리는 줄.

蠶嶺閔亭

東溟有長鯨, 西塞有封豕.
江障哭殘兵, 海徼無堅壘.
廟算非良籌, 全軀豈男子.

寒風不再生, 絶景空垂耳.

誰識衣草人, 雄心日千里.

황초령을 밤에 넘으며[6]

이 땅은 요동(遼東)과 인접하여서
가을부터 모진 추위 밀어닥치네.

백산엔 세 길 눈이 쌓이고[7]
황초령엔 험한 관문 두 군데.

잔도(棧道)로 백리나 먼 길 가자니
밤중에도 말안장에 앉아 있노라.

높은 나무 우거져 달이 걸리고
깊은 골짝 들리는 여울 물소리.

말은 지쳐 채찍 쳐도 나가지 않고
군졸들 배고파 명령도 안 통하네.

위험에 처하면 더욱 담대해지는가
험한 곳 지날 적엔 마음 되레 편안하네.

완파연(莞坡衍) 당도하자 너무 기뻐서
「촉도난(蜀道難)」[8]을 높이 읊조리노라.

서릿발은 칼날에 엉겨붙는데
불 지펴 새벽밥을 준비하누나.

黃草嶺宵征, 領轉粟軍也[9]

此地近遼左, 自秋生苦寒.

白山三丈雪, 黃草兩重關.

百里遙尋棧, 中宵尙據鞍.

喬林深碍月, 幽谷暗鳴潺.

馬困鞭難進, 人飢令亦頑.

臨危膽尤激, 歷險意猶安.

喜到莞坡衍, 高吟蜀道難.

飛霜澁寶劍, 吹火備晨餐.

6 황초령(黃草嶺)은 함흥에서 장진(長津)으로 넘어가는 중간에 있는 높은 고개.
   이 시 역시 백호가 고산도 찰방으로 있으면서 전운관(轉運官)의 업무를 맡았을
   때 지은 것이다.
7 『신증동국여지승람』의 「함흥부 산천조」에 대백역산(大白亦山)과 소백역산(小
   白亦山)이 나와 있는데 "모두 153리에 위치해 있고 두 산이 바다보다 더 하얗기
   때문에 '백역'이라 일컫는다"고 하였다.
8 이백의 시. 촉 땅으로 통하는 길의 험난함을 담고 있다.
9 원제 "황초령을 밤에 넘으니, 양곡 수송하는 군졸을 인솔하였다."

역루[10]

오랑캐들 일찍이 스무 고을 넘보기에
그때는 공훈을 세우고자 청총마에 올랐었네.

오늘날 변방에는 전장의 먼지 잠잠하니
장사는 할 일 없이 역루에서 낮잠 자네.

驛樓

胡虜曾窺二十州, 當時躍馬取封侯.
如今絶塞煙塵靜, 壯士閑眠古驛樓.

10 『기아(箕雅)』권3에는 「고산역(高山驛)」이라는 제목으로 실려 있어 고산 역
루에서 지은 작품이라는 것을 알 수 있다. 차천로(車天輅)의 『오산설림(五山說
林)』에는 다음과 같은 일화가 실려 있다. 백호가 고산찰방이었을 때 양사언(楊
士彦, 1517~84)이 안변부사(安邊府使)로 있었다. 하루는 백호가 짐짓 어떤 무인
이 지은 시 같다고 하면서 이 시를 보여 주니, 양사언이 빙그레 웃으며 백호 당
신이 지은 것이 분명하다고 말했다는 것이다. 한편, 본래 두번째 구는 "將軍躍
馬取封侯"였는데, 역시 유명한 시인인 최경창(崔慶昌)이 앞의 두 글자를 지금처
럼 "當時"로 고쳤다고 한다.

상산협에서

상산협에 들어가지 않고서야
어떻게 나그네 시름 위로하리오.

만 길의 절벽은 하늘 고이고
천년의 물에는 달이 일렁이네.

쭈그린 괴석은 호랑인가 싶고
넘어진 노송 등걸 용처럼 뵈네.

이른 아침 새소리 생기 가득하고
꽃들은 부끄럼 타듯 쌀쌀히 구네.

오두막은 푸른 산봉우리에 기대고
푸른 물은 사립을 감돌아 가네.

돌밭엔 간간이 서속을 심고
나무하러 다니는 길 평탄하여 소도 탈 만해.

지경이 외져서 풍진을 막아주고
산 깊어 세월도 유유하구나.

길손도 본래 조촐한 사람이라
이 땅을 잠시나마 서성댄다네.

벼슬에 얽매여 늘상 뜻이 꺾이다가
연하(烟霞)에 깃드니 마음이 그윽하네.

남쪽의 내 고향 산천
어느 때나 행역(行役) 벗고 돌아가려나.

上山峽口占[11]

不入上山峽, 因何慰旅愁.

支天壁萬仞, 春月水千秋.

怪石蹲疑虎, 枯松倒似虯.

禽聲早得氣, 花意冷含羞.

茅店依靑嶂, 柴扉帶碧流,

石田閑種秫, 樵路穩騎牛.

境絶風埃隔, 山深歲月悠.

行人本瀟洒, 此地暫夷猶.

羈窒心常折, 栖霞思獨幽.

南州舊泉洞, 幾日稅征輈.

11 원제 "상산협에서 입으로 부름." 상산협(上山峽)은 함경북도 어느 곳으로 추
  정된다.

원수대

마천령 고갯마루 말을 세우니
노을빛 새벽 따라 청명하구나.

원수 칭호 붙은 대(臺)답게
길손은 장쾌한 구경 한다네.

만리 시퍼런 파도 밖에
둥근 바퀴 시뻘건 해가 솟는다.

고래떼 함부로 날뛰다니[12]
울적한 심사 길게 휘파람 불어보네.

元帥臺 • 在磨天嶺[13]

立馬磨天嶺, 雲霞趁曉淸.
臺存元帥號, 客償壯遊情.
萬里碧波外, 一輪紅日生.
鯨鯢敢驕橫, 長嘯氣難平.

12 고래떼〔鯨鯢〕: 고래의 수컷은 경(鯨), 암컷은 예(鯢)다. 단순히 동해의 고래를
   가리킨다고 볼 수도 있고, '경예(鯨鯢)'라는 말이 흉악한 사람을 비유하는 데도
   쓰이기 때문에 여진족이 발호하던 사실을 암시한다고 볼 수도 있다.
13 원주 "마천령(磨天嶺)에 있다." 마천령은 함경북도 성진(城津) 땅에 있는 고개
   로 동해에 접해 있다.

기행

군량 운반
변방에서 한겨울에 군량 수송하느라
구백 명이 겨우 삼백 섬을 싣고 가네.

눈 쌓인 고개 얼어붙은 강 닷새의 노정
산비탈에 불 피우고 옹기종기 모여 자네.

별해(別害)[14]
만 길 봉우리 둘러싸인 외로운 성에
두어 부대 수자리 병졸들 반이나 남쪽 사람.

서리 엉긴 진지에는 갑옷이 차가우니
야경하는 호각소리 들리다간 끊어질 듯.

수자리의 괴로움
집사람 가을 들자 겨울옷 부쳐오더니
눈 쌓인 교하(交河)에 고향 소식 드물어라.

혹시 가진 것 조금 남아 옷을 사입어서
몸은 떨지 않아도 주린 배를 어찌하랴!

산골의 백성들

산비탈엔 해마다 구맥(瞿麥)[15]을 심고
강물 따라 판잣집들이 한두 채 띄엄띄엄

외진 산골 구실 적다 말들랑 마오
담비 다람쥐 가죽 바치는 게 얼만 줄 아오.

산골 풍속

지나는 길손 산골짜기 길 괴롭게들 여기는데
거기 사는 사람들은 산골살이 싫다 않네.

당귀며 고사리 봄나물 풍족하고
밤이면 앞내에서 여항어(餘項魚)[16]를 잡는다오.

지친 병졸들

창끝 같은 돌모서리 칼 같은 바람
험한 땅에 더구나 한겨울이니.

가다 보면 눈길에 붉은 점 찍혔으니
이는 모두 지친 병사 말굽의 피라네.

紀行 • 以高山察訪, 差運粟事, 往來海邊[17]

運粮
邊城轉粟當嚴冬, 九百人輸三百斛.
雪嶺氷河五日程, 敲火山崖夜聚宿.

別害
萬仞山圍一片城, 戍兵數隊南軍半.
霜凝陣磧鐵衣寒, 警夜角聲吹欲斷.

遠戍
閨人秋早寄寒衣, 雪滿交河鄉信稀.
縱有囊資可買褐, 豈將身煖救腸饑.

峽民
山坂年年種瞿麥, 緣江板屋無鄉聚.
窮山莫道少征徭, 靑鼠烏貂入官府.

峽俗

行人苦厭峽中路, 居人不厭峽中居.

當歸薇蕨足春菜, 夜刺前灘鯑項魚.

疲兵

石稜如戟風如刀, 冒險還逢愁苦節.

行看雪路點朱殷, 盡是疲兵馬蹄血.

14 별해보(別害堡). 함경남도 장진군에 있던 관방(關防).
15 다년생 식물 이름으로 일명 지맥. 여름에 꽃이 피고 열매가 보리처럼 생겼다
　 한다. 여러 사전류에 구맥은 패랭이꽃으로 나와 있으나 서로 다른 것이 아닌가
　 한다.
16 여항어는 물고기의 일종으로 허균이 지은 『도문대작(屠門大嚼)』에는 "산골
　 어느 곳이나 있는데, 강릉에서 나는 것이 가장 크고 맛도 좋다"고 하였다.
17 원주 "고산찰방으로서 군량 운반에 차출되어 해변을 왕래하였다."

홍원에서

객지의 벼슬살이
나의 본뜻과 어긋나니
옛동산 봄 풍물이
꿈에도 그리워라.

관산(關山) 만리에
길은 아득히 펼쳤는데
새싹 돋는 새해에도
이 사람은 못 간다오.

臘月以兼官在洪原, 原乃海邑, 多有春氣[18]

羈宦棲遲心事違, 故園春物夢依依.
關山萬里路長在, 芳草一年人未歸.

---

18 원제 "섣달에 겸관(兼官) 자격으로 홍원(洪原)에 있는데 홍원은 바다 고을이
라 자못 봄기운이 있었다."

마운령[19]

높은 산마루 하늘에 치솟아
북관 땅에 장엄한데
석문(石門)의 뿔피리소리
구름 사이로 떨어지누나.

말 타고 돌아가지 못하는
홍진(紅塵)의 나그네
푸른 바다 가을바람
끝없는 산이로다.

磨雲嶺

絶嶺橫天壯北關, 石門殘角落雲間.
紅塵鞍馬未歸客, 碧海秋風無限山.

19 마운령은 함경남도 이원(利原)에 있는 큰 고개. 『신증동국여지승람』「이성현
(利城縣) 산천조」에는 "마운령은 단천(端川)과 경계에 있는데 옛날 오랑캐를
방어하던 요새로 관문의 기추석(基樞石)이 남아 있어 또한 문현(門峴)이라 부
르기도 한다"고 하였다.

적유령[20]

나그네 아침 일찍 적유관(狄踰館) 출발하니
구름 낀 산길 백리

백산 마루턱에 산아지랑이 막 걷히니
두어 줄기 산봉우리 홀(圭)을 쥐고 서 있는 양.[21]

지난밤 소나기가 온 산을 씻어내어
티 없는 골짝엔 소나무 전나무 소슬하구나.

깊은 숲은 짙은 안개에 어둑한데
울고 또 우는 저 새소리만 들려오누나.

쓰러진 고사목은 나이도 헤아리기 어려운데
천 길 아래 시내에는 흰 용이 물을 마시는가.

시냇물 휘돌아 몇번이나 다리를 건너는가
세속 사람 돌아갈 길 잃을까 두려워라.

이제부턴 이곳을 심원동(尋源洞)이라 부르려
이끼 낀 바위 쓸고 두 글자를 새겼다오.

물 근원에 다가갈수록 물소리 줄어들고
재마루서 돌아보니 뭇 산이 나직하네.

고원(古院)을 겨우 오르자 해는 벌써 중천이요
중관(重關)을 통과하니 새는 보금자리 찾아가네.

긴 노래로 넌지시 「출새곡(出塞曲)」[22] 읊조리자니
바로 북쪽 관산에선 전고(戰鼓) 소리 들리는 듯.

신광원[23]에 투숙하여 밤에 칼을 뽑아 보니
붉은 기운 뚜렷이 무지개를 이루었구나.

狄踰嶺

征人早發狄踰館, 百里雲磴勞攀躋.
晴嵐乍捲白山頂, 數朶奇巒如執圭.
前宵急雨洗千巖, 洞壑無塵松檜凄.
深林宿霧杳冥冥, 但聞幽禽啼復啼.
枯松摧倒不知歲, 白虹下飮千尋溪.

溪廻路轉幾度橋, 恐有塵蹤迷舊蹊.

尋源之洞自令號, 手掃苔巖二字題.

窮源漸覺水聲小, 近嶺回看山岳低.

纔登古院日已午, 過盡重關禽欲栖.

長歌便作出塞曲, 直北關山猶鼓鼙.

神光投宿夜看劍, 定有紫氣成虹霓.

20 평안도 강계 땅의 산이름. 지세가 험준하여 서북지방의 웅관(雄關)이었다.
21 규(圭)는 벼슬아치가 쥐는 홀인데, 산봉우리들이 조회를 하듯 이쪽을 향해 공
　손히 서 있음을 표현한 말.
22 변방에 출정한 군인들의 애환을 그린 노래.
23 신광원(神光院)은 강계(江界) 땅에 있었다.

장가행[24]

작년 시월에 황초령을 지나더니
금년 시월 또다시 황초령을 지나가오.

한번은 양곡 수송 차사원(差使員)으로
한번은 납의(衲衣) 배급 차사원으로.[25]

밧줄다리 구름다리 험난한 관문
쌓인 눈에 얼음 층층 삼백리 길.

추위는 매서운데 낡고 짧은 갖옷
야윈 말 너무 지쳐 가다가 멈칫멈칫.

드높은 기개만은 유독 꺾이지 않아
고개 들고 휘파람 불며 창공을 바라보오.

해 다 저물어 쪽배 내어 사하(沙河)를 건너자니
진리(津吏)의 얕보는 눈길 견디기 괴로운걸.[26]

한 조각 옛 성이 되놈 땅과 가까운데
서리 찬 사막에 변새의 달 중천에 떴구나.

나라 걱정, 아버님 생각에 밤 깊도록 잠 못 이루는데
호각소리 끊어지고 은하(銀河)도 돌았어라.

나이 삼십이라 근력이 건장하니
관가의 독촉, 맡겨두고 보자.

분수에 만족하니 근심할 게 무엇이랴
기린각(麒麟閣)²⁷ 단청이야 생각조차 사라졌네.

나를 알아줄 사람 없다 그대는 말을 마오
너를 안다 말해준들 무슨 소용 있겠는가.

長歌行

去年十月黃草嶺, 今年十月黃草嶺.
一爲轉米差使員, 一爲衲衣差使員.
繩橋雲棧萬夫關, 積雪層氷三百里.
短裘零落寒凌兢, 羸馬虺隤行復止.
靑霞奇氣獨未摧, 揚眉一嘯看天宇.

黃昏孤艇渡沙河, 不堪津吏相輕侮.

殘城一片近山戎, 滿磧寒霜關月午.

關情忠孝夜耿耿, 斷角吹殘星漢廻.

行年三十膂力健, 驅使一任官家催.

知幾安分百不憂, 麟閣丹靑心久灰.

憑君休道莫我知, 縱曰知爾何爲哉!

24 장가행(長歌行)은 악부의 곡조명. 대체로 자신의 심회를 토로하는 내용이 주
  를 이룬다.
25 '차사원'은 특별한 임무를 지워 파견하는 임시직. 납의는 보통 승복(僧服)을
  일컫는 말로 쓰지만 본뜻은 해진 옷이니, 헐벗은 함경도 백성에게 무명옷을 지
  급하는 일이 아닌가 한다. 차사원으로 근무한 것은 백호가 고산도 찰방으로 부
  임한 31~32세 무렵의 일이다.
26 당(唐) 한유(韓愈)의 시 「낭리(瀧吏)」는 창락랑(昌樂瀧)의 나루에서 배를 관리
  하는 하급 관리가 시인의 처신을 비판하는 형식으로 되어 있다. 여기서는 이를
  끌어와 자신의 고달픈 벼슬살이를 한유의 처지에 견준 것이다.
27 한나라 때 나라에 큰 공훈을 세운 인물의 초상화를 보관하던 전각.

파저강

천고의 금성탕지[28]
서북쪽이 튼튼하니
긴 강을 경계로
낭거서산(狼居胥山)[29]이 막았다네.

파저강 한 줄기
궁막(穹幕)[30]에 가까우니
오랑캐 아이들 대낮에 와
물고기를 잡아가는구나.

婆猪江 •自西北來, 至山羊會洞口, 與鴨江合[31]

千古金湯壯西北, 長江限隔狼居胥.

婆猪一水近穹幕, 白日胡兒來捕魚.

28 아주 견고한 요새를 이르는 말. 2부 「한라산」의 주12 참조.
29 지금의 몽골 지역에 있다. 한(漢)나라 때 곽거병(霍去病)이 출정해 흉노를 격
   파하여 낭거서산에 봉한 바 있다. 이 시에서는 특정 지명을 가리키기보다 북쪽
   변방의 산이라는 의미로 쓰였다.
30 원래 가운데가 둥글고 높은 천막을 이르며, 변방의 유목민족을 지칭하는 뜻으
   로 자주 쓰인다.
31 원주 "서북쪽에서 흘러와서 산양회(山羊會) 동구에 이르러 압록강과 합류한
   다." 파저강은 평안북도 초산 지방에 있으며, '산양회' 역시 이곳의 지명으로
   '산양호(山羊湖)'라고도 한다.

북평사 이영을 송별하며[32]

북방이라 눈 쌓인 용황(龍荒)[33]의 길
바람 스산한 발해(渤海)의 해변.

군막의 서기를 맡은 이 사람
당대에 날리는 미남아로세.

칼집 속엔 별을 찌를 칼[34]이 들었고
주머니엔 귀신 울릴 시[35]가 담겼네.

변방의 황사는 금갑(金甲)에 자욱하고
관산(關山)[36]의 달 붉은 깃발에 비추누나.

응당 변새를 두루 다닐 터이니
운대[37]에 화상 걸 날 멀지 않으리.

머리칼 치솟는 씩씩한 모습 바라보며
멀리 떠난다 슬퍼하지 않노라.

送李評事

朔雪龍荒道, 陰風渤海涯.

元戎掌書記, 一代美男兒.

匣有干星劍, 囊留泣鬼詩.

邊沙暗金甲, 關月照紅旗.

玉塞行應遍, 雲臺畫未遲.

相看豎壯髮, 不作遠遊悲.

32 북평사(北評事)로 부임하는 이영(李瑩)을 전송하며 지은 시. 『문과방목(文科榜目)』에 따르면 이영은 1576년 식년시(式年試)에 급제하였으며, 자는 언윤(彦潤), 호는 남고(南皐), 본관은 고성(固城)이다. 이 시에 대해서 허봉은 성당(盛唐) 시대 걸작들과 비교해도 손색이 없다고 극찬하였고, 허균 역시 그 시격을 초당(初唐)의 양형(楊炯)에 견주기도 하였다(『鶴山樵談』).

33 이민족이 사는 변경을 가리키는 말.

34 별을 찌를 칼[干星劍]: 보검의 이름. 진(晉)나라 때 뇌환(雷煥)이 북두성과 견우성 사이에 자색 기운이 있음을 보고 이는 보검의 정기가 위로 하늘에 통한 것이라 생각하여, 마침내 땅을 파서 보검 두 자루를 얻었다.

35 귀신 울릴 시[泣鬼詩]: 극히 감동적인 시를 이르는 말(杜甫「寄李白二十韻」, "昔年有狂客, 號爾謫仙人. 筆落驚風雨, 詩成泣鬼神").

36 변새의 산. 험준한 산.

37 운대(雲臺)는 후한(後漢)의 궁전에 있던 높은 대. 이곳에 광덕전(廣德殿)을 세우고 명제(明帝)는 중흥(中興) 공신 28인의 화상을 그려놓았다.

경성판관으로 가는 황경윤을 보내며

원수대 앞바다는
하늘과 맞닿았거늘
나도 전에 글과 칼 좋아하여
융단 위에 취해서 쓰러졌었지.

음산(陰山)[38]이라 팔월에도
흰 눈이 펄펄 날려
때로는 바람을 좇아
춤추는 마당에 떨어졌네.

送黃景潤爲鏡城判官 • 名粲[39]

元帥臺前海接天, 曾將書劍醉戎氊.
陰山八月恒飛雪, 時逐長風落舞筵.

[붙임] 임진(林晉)⁴⁰의 시조

활 지어 팔에 걸고 칼 ㄱ라 엽히 ᄎ고
철옹성변(鐵甕城邊)에 통개(筒箇) 베고 누어시니⁴¹
보완다 보와라 소ᄅ|⁴²에 ᄌ 못 드러 ᄒ노라

38 지금 중국의 내몽골 지역에 뻗어 있는 산맥. 한시에서 북쪽 변방을 지칭할 때
   자주 쓰인다.
39 원주 "이름은 찬(粲)." 『문과방목』에 따르면, 황찬은 1580년 경진년 알성시(謁
   聖試)에 급제했고 벼슬은 부사를 지냈으며 본관은 창원이다. 강준흠의 『삼명시
   화』에는 이 시와 관련하여 다음과 같은 일화가 실려 있다. 백호가 병이 위중하
   였는데 경성(鏡城) 판관(判官)으로 부임하는 친구가 찾아와 작별인사를 하며
   "내가 자네 시를 얻어 북도 기생들에게 부르도록 하려 했는데, 지금 자네가 병
   이 들었으니 할 수 없구면"이라고 말하였다. 이에 백호는 사람을 시켜 자기 몸
   을 부축해 일으키도록 하고 시 한 수를 입으로 불렀는데, 그 작품이 바로 이 시
   라는 것이다. 강준흠은 백호가 병으로 세상을 떠나기 직전에 지은 시임에도 웅
   장하고 활기차서 조금도 시들한 기색을 찾아볼 수 없다는 점에 감탄하고 있다.
40 임진은 백호의 부친으로 자는 희선(希善). 명종때 무과에 급제, 5도의 병마절
   도사를 역임했다. 『나주읍지』에 임진은 "몸가짐이 청백(淸白)하고 책략이 있었
   다"는 기록이 보인다.
41 철옹성이라 일컬은 곳은 중국과 우리나라 여러 곳에 있는데, 우리나라의 경우
   영변의 철옹성이 가장 유명하다. 임진은 영변부사(寧邊府使)를 역임한 바 있다.
   통개(筒箇)는 활과 화살을 꽂아 등에 지도록 가죽으로 만든 물건.
42 "보았느냐?" "보았다"고 외치는 소리로, 일종의 군호(軍號)이다.

수줍어서 말 못하고

조선시대 시화나 야담집에는 백호에 관한 낭만적인 이야기가 적지 않게 실려 있다. 그중에는 사실에 가까운 것도 있지만, 허구일 가능성이 높은 이야기들도 많다. 허구라 해서 의미가 없는 것이 아니다. 그런 일화의 주인공으로 백호가 선택된 것은 예교에 얽매지지 않는 호탕한 그의 성품에서 유래한 것이고, 이런 이미지가 당대에 널리 알려졌기 때문이다.

5부 '수줍어서 말 못하고'에 실린 것은 모두 남녀간의 사랑을 노래한 작품들로, 변새시와 함께 문학적으로는 가장 뛰어나다. 이러한 작품들은 변새시의 경우와 마찬가지로 당시 조선시단을 휩쓸던 당풍(唐風)의 유행과도 관련이 있다. 백호는 이런 경향의 시들을 적지 않게 남겼는데, 여인의 심리와 자태를 당대의 누구보다 잘 묘사한 시인 중 한 사람이다.

그중에는 여선(女仙)의 이미지를 형상화한 「몽선요」 「복암사에서 우연히 염체(豔體)로 짓다」 같은 작품도 있지만, 「수줍어서 말 못하고」와 「탐라 기생에게」 「무제」처럼 여인의 정태를 짤막하지만 인상적으로 묘사한 작품도 있다. 「그네타기 노래」는 세 수의 연작시로, 그네타는 아가씨와 청년의 사랑을 그린 작품이다. 서사적 단면의 화폭으로 민요적 정조가 풍부한 점이 특색이다.

「어느 여인을 위하여」와 「평양 기생을 대신하여 그의 정인에게」는 여성들을 위해 그들의 마음을 담아 연인에게 보내는 시를 대신 지어준 것이며, 「옥정에게」 역시 수신자가 누구인지는 분명치 않지만 여성화자가 자신의 변치 않는 마음을 토로하는 형식으로 지어졌다. 「거문고 아가씨에게」는 거문고를 연주하는 기생에게, 「이별하는 마음」은 자신이 사랑하던 여인에게 지어준 시로 생각된다.

「기생의 죽음을 애도하며」는 백호의 탄솔(坦率)함을 잘 볼 수 있는데, 5부 끝에 붙인 황진이(黃眞伊)의 무덤을 지나며 지은 시조와 함께 읽어볼 필요가 있다. 백호가 당대의 명기(名妓)인 한우(寒雨)와 주고받은 시조도 이러한 시들과 같은 맥락에서 보아야 한다. 백호의 시조로 전하는 작품들은 이외에도 4수가 더 있는데, 전적으로 백호의 작품이라 확신할 수는 없지만 공교롭게도 모두 남녀의 사랑을 읊은 작품들이다.

수줍어서 말 못하고

열다섯살 아리따운 아가씨
수줍어서 말 못하고 이별이러니

돌아와 겹문을 꼭꼭 닫고선
배꽃 사이 달을 보며 눈물 흘리네.

無語別

十五越溪女, 羞人無語別.
歸來掩重門, 泣向梨花月.

복암사에서 우연히 염체(奩體)로 짓다[1]

선루(仙樓)를 찾아가서 채란(彩鸞)[2]과 짝이 되어
깊은 밤 술이 깨어 난간에 앉았어라.

옥퉁소 소리 끊어지고 봉래산 아득한데
솔숲의 맑은 이슬 학의 꿈이 싸늘하네.

伏巖寺, 偶成奩體

曾向仙樓伴彩鸞, 酒醒深夜倚闌干.
玉簫聲斷蓬山迥, 松露幽巖鶴夢寒.

---

1 염체(奩體)의 '염'은 여자들이 화장할 때 쓰는 경대이니, 여자에 관한 내용과
  정감을 표출한 시체(詩體)이며, 향렴체(香奩體)라고도 한다.
2 채란은 중국 전설상의 선녀. 서생(書生) 문소(文簫)를 사랑하여 함께 종릉(鐘
  陵)으로 가서 부부가 되었다 한다.

탐라 기생에게

뿔나팔 잦아들자 바다 위에 해가 솟고
향불 사윈 휘장 안에 밀물소리 들리누나.

미인은 자다 깨어 귀밑머리 흩뜨린 채
황귤을 똑 따다가 갈증을 풀어주네.

戲贈耽羅妓

戍角吹殘海日高, 翠帷香盡聽寒潮.
佳人睡暈留雲鬢, 手摘黃柑俏解消.

기생의 죽음을 애도하며

곱고 고운 자태 평양에서도 빼어나
두 눈썹 먼 산이 가느다랗게 그려진 듯.

열매 맺을 인연이 없었던 꽃
옥 같은 몸은 어찌 사위어갔느냐.

세상 자취 경대에 남아 있고
춤추던 옷엔 먼지만 날리네.

꽃다운 넋은 어디로 떠나갔나
강 버들에 제비는 돌아오건만.

妓挽

艶艶箕都秀, 雙蛾遠岫微.
不緣花結子, 那有玉銷圍.
世事餘粧鏡, 流塵暗舞衣.
春魂托何處, 江柳燕初歸.

어느 여인을 위하여

이 몸은 임을 믿고 살아가노니
임이여, 부디 나를 잊지 마세요.

고운 마음 바위처럼 변치 않는데
이별의 한 물과 함께 길이 흘러요.

서리 맞은 국화는 더욱 산뜻하고
눈 속의 매화꽃이 향기롭군요.

알아주세요, 옛적 예양(豫讓)은
범중항씨(范中行氏) 위해 죽지 않았다는 걸.[3]

代人作

賤妾自栖托, 願郎無我忘.
芳心石不轉, 離恨水俱長.
霜後菊猶艷, 雪邊梅亦香.
須知豫讓子, 不死范中行.

3 예양은 중국 전국시대 사람으로 처음에 범중항씨를 섬겼으나 자신을 알아주지
  않자 떠나서 지백(智伯)을 섬겼는데, 지백은 그를 극진히 대우하였다. 지백이
  조양자(趙襄子)에게 죽임을 당하자 예양은 지백을 위해 끝끝내 원수를 갚으려
  다 죽었다. 여기서는 여자가 자기를 진정으로 사랑하는 남자를 위해 끝까지 절
  조를 지킬 것이라는 뜻을 담고 있다.

거문고 아가씨에게

한 곡조 거문고 가락을
계당(溪堂)에서 듣노라니
탁문군(卓文君)⁴의 못다 푼 마음을
지금 깨우쳐주려는가.

아마도 밤이 깊어
인적이 끊어지면
밝은 달 아래 먼 산에서
현학(玄鶴)⁵이 날아 내려오리.

戲題贈琴娘

溪堂一曲少娘琴, 解道文君不盡心.
想得夜深人散後, 月明玄鶴下遙岑.

---

4 촉(蜀) 땅의 부호인 탁왕손(卓王孫)의 딸로 일찍 홀로 되어 친정에 와 있는데,
유명한 문학가 사마상여가 금(琴)을 타서 유혹하여 결혼하여 함께 살았다. 후
일 사마상여가 다른 여자를 맞아들이려 하다가 탁문군이 「백두음(白頭吟)」이
란 노래를 짓자 중지했다고 한다.
5 고구려 왕산악(王山岳)이 금조(琴調) 100여 곡을 지어 연주하자 현학이 날아와
서 춤을 추었다는 말이 전한다. 이에 현금 즉, 거문고라는 이름이 유래했다(『三
國史記 · 樂志』).

그네타기 노래

1

새하얀 모시 치마 적삼에
잇꽃[6] 물들인 진분홍 허리띠
처자들 손에 손잡고
그네타기 누가 제일 잘하나.

백마 탄 저 총각
어느 댁 도령인가
채찍을 비껴들고
언덕에서 서성이네.

2

두 볼은 발그라니
땀이 송글송글
아양스런 웃음소리
허공에서 떨어지고.

나긋나긋 고운 손길
그네줄 사뿐 잡아
날씬한 가는 허리

산들바람 못이길 듯.

3
아차! 구름 같은 머리에서
금비녀 떨어졌네[7]
저 총각 주워들고
싱글벙글 뽐을 내네.

그 처자 수줍어 가만히 묻는말
"도련님 어디 사시나요?"
"저 수양버들 푸른 주렴 드리운 집,
거기가 곧 내 집이라오."

鞦韆曲

1
白苧衣裳茜裙帶, 相携女伴競鞦韆.
堤邊白馬誰家子, 橫駐金鞭故不前.

2

粉汗微生雙臉紅, 數聲嬌笑落煙空.
指柔易著鴛鴦索, 腰細不堪楊柳風.

3

誤落雲鬢金鳳釵, 游郎拾取笑相誇.
含羞暗問郎居住, 綠柳珠簾第幾家.

6 꼭두서니. 일년생 풀로 그 꽃은 분홍색 물감으로 이용한다.
7 우리나라의 옛 습속에는 처녀 역시 비녀를 꽂았다. 『춘향전』〔烈女春香守節歌〕
  에도 춘향이 광한루에서 그네를 타다가 비녀가 떨어지는 장면이 있다.

옥정에게

거문고 앞에 놓고
「별학조(別鶴操)」[8]를 타지 마오.
강남의 꽃다운 풀
해마다 시름인걸.

변치 않는 제 마음
대동강이 증명하리니
어느 날 임과 함께
부벽루에 오르려나.

贈玉井

莫把瑤琴奏別鶴, 江南芳草年年愁.
妾心未變浿江在, 何日共登浮碧樓.

8 남녀의 이별을 노래한 악부(樂府)의 금곡(琴曲).

무제

난초 언덕 저녁 이슬
길조차 희미한데
남 몰래 이별하고
청란(青鸞)⁹과 같은 신세.

기둥 기대 그리워하다
문득 황홀해지니
새벽별은 그이 눈동자,
달은 눈썹이런가.

無題

蘭皐夕露迤微微, 腸斷靑鸞暗別時.
倚柱尋思却怳惚, 疎星如眼月如眉.

---

9 옛날 계빈국(罽賓國) 왕이 난새를 한 마리 구하여 아무리 우는 소리를 듣고자
해도 들을 수 없었다. 거울을 그 새에게 비춰주었더니 새는 거울에 비친 모습을
제 짝으로 생각하여 슬피 울다가 절명했다고 한다(劉敬叔『異苑』).

몽선요

아득해라, 양성(陽城)의 버들 꺾어 임에게 드리던 일[10]
떠도는 나그네는 하루 아홉 번이나 애를 태웠어라.

홍전(紅牋)은 학에게 주어 낭원(閬苑)이 호젓한데[11]
촛불은 다 타지 않아 원망의 눈물 흘리네.

다정히 인사하고 꿈결에 낭군을 맞이하니
용산(龍山)이라 새벽에 부슬부슬 내리는 비.

대숲에 바람 울고 구름은 침침한데
연지에 이슬 젖어 안타까움 어이하리.

그리움도 병이라 팔에 낀 팔찌 느슨하고
초췌한 모습은 옛 얼굴 아니라오.

정연(情緣)을 얘기하니 부끄럼 살짝 띠며
나직한 목소리로 노래를 부르네.

향라(香羅)[12] 벗어지는 곳 옥이 한아름
봄 마음도 도리어 서글퍼라.

난새 끄는 수레 날아 종소리 쫓아가니
어렴풋이 해자의 물 건너는 듯

유랑(劉郞)은 복사꽃 기약 잃고[13]
거문고 줄을 골라 시름을 연주하누나.

남은 향기 감도는데 비취금(翡翠衾) 썰렁하고
눈 덮인 다리 가에 사람 발길 닿질 않네.

夢仙謠

悠悠曾折陽城柳, 游于回腸一日九.

紅牋付鶴閬苑空, 燭未成灰猶怨淚.

多情爲謝倩郞魂, 霏微曉作龍山雨.

風鳴篁竹雲沈沈, 露濕臙脂無奈苦.

相思寬盡約臂金, 憔悴殊非舊顔面.

情緣說到半成羞, 旋作低聲歌宛轉.

香羅解處玉一圍, 一半春心却悽惋.

鸞駿飛逐寺樓鍾, 依依想渡城灘水.

劉郎坐誤桃花期, 綠綺絃中奏愁思.

餘馨不散翠被寒, 雪滿溪橋人不至.

10 양성은 중국의 옛 지명이며, 중국 고전문학작품에서는 정다운 사람과 작별할
　　때 버들가지를 꺾어주는 것이 관습이다.
11 홍전은 소폭의 질 좋은 붉은 종이로, 여기서는 임에게 보내는 글을 가리킨다.
　　낭원은 낭풍지원(閬風之苑)의 준말로 신선이 산다는 곳이다.
12 비단을 미화하여 일컫는 말.
13 유랑은 유신(劉晨)을 가리킨다. 전설에 유신이 친구 완조(阮肇)와 함께 천태산
　　(天台山)으로 약을 캐러 갔다가 선녀를 만나 놀다 온 일이 있다 한다. 연인을 지
　　칭하는 말로 쓰기도 한다. 복사꽃 기약(桃花期)은 복사꽃 필 때 만나기로 한 기
　　약을 말한다.

평양 기생을 대신하여 그의 정인에게

비단 휘장 드리우고 사향(麝香) 향기 그윽한데
맑은 밤 이 시간을 붙잡지 못해 애태웁니다.

미더운 맹세 정녕 저 하늘의 해가 있고
깊은 정이야 우리 둘밖에 귀신도 모를 겁니다.

능수버들 늘어진 곳 제비는 짝지어 날고
연꽃 가득 핀 못에는 나란히 조는 원앙새.

비파소리 퉁소가락 이별이 안타까워
청루의 밝은 달에 그리움이 얼마일지.

대동강에 시름 더해 물결 일어 천겹 만겹
배꽃 가지 눈물 젖어 비처럼 뚝뚝.

이 모두 그대 떠난 소첩(小妾)을 흔들어도
꽃다운 제 마음만은 죽은들 변하리까?

代箕城娼贈王孫

麝臍香燼下羅帷, 腸斷清宵苦未遲.
信誓有如天日在, 深情不許鬼神知.
雙飛燕子柳垂地, 並睡鴛鴦荷滿池.
瑤瑟玉簫還惜別, 碧樓明月幾相思.
愁添浿水波千疊, 淚濕梨花雨一枝.
摠爲王孫易流蕩, 芳心抵死豈能移.

이별하는 마음

봉래섬 보일 듯 말 듯 석양이 가까운 즈음
원앙새 애를 끊고 기러기 짝을 잃었구나.

황산(黃山)의 포구에는 넋 녹이는 물이요
청해(靑海)의 성머리엔 꿈에 드는 구름이라.

십년 동안 광두목(狂杜牧)[14] 소리 들었으니
한마음 꼭 지녀서 문군(文君)[15]이 한을 품게 하지 않으리.

선루(仙樓)에서 이별한 뒤 소식이 끊겼으니
천리에 그리는 마음 조각달 함께 바라보리.

別意

蓬島微茫向夕曛, 鴛鴦腸斷鴈離群.
黃山浦口銷魂水, 靑海城頭入夢雲.
十載自持狂杜牧, 一心休使怨文君.
仙樓別後無消息, 千里相思片月分.

14 두목(杜牧)은 유명한 당나라 시인으로 자는 목지(牧之). 그는 만당(晩唐) 시대에 태어나 정치현실에 비판적 태도를 견지하고 권력에 타협하지 않은 나머지 불우한 처지로 분방한 생활을 누리며 성색(聲色)을 좋아하는 태도를 보여서 풍류염사(風流艶事)를 많이 남겼다. 이항복(李恒福, 1556~1618)은 "자순(子順, 백호의 자)의 시는 두목지와 같다"하였고, 양경우의 『제호시화』에는 "임백호는 번천(樊川, 두목을 가리킴)을 배워서, 일세에 이름이 높았다"고 하였다. 이러한 시적 경향 및 생활태도와 관련해서 '광두목(狂杜牧)'이란 칭호를 들었던 것 같다.

15 탁문군(卓文君)을 말한다. 사마상여가 탁문군을 처음에 좋아했다가 소원하게 대한 일이 있었다.

[붙임] 시조 3수

청초(靑草) 우거진 골에 즈는다 누엇는다
홍안(紅顔)은 어듸 두고 백골(白骨)만 무쳣느니
잔 자바 권ᄒ리 업스니 그를 슬허 ᄒ노라.[16]

— 백호가 황진이 무덤을 찾아가 부른 노래

북천(北天)이 몱다커늘 우장(雨裝) 업시 길을 나니
산에는 눈이 오고 들에는 츈비로다
오늘은 츈비 마자시니 얼어 잘까 ᄒ노라

— 백호가 기생 한우(寒雨)에게 불러준 노래

어이 어러 자리 므스 일 어러 자리
원앙침(鴛鴦枕) 비취금(翡翠衾)을 어듸 두고 어러 자리
오늘은 츈비 마자시니 녹아 잘까 ᄒ노라

— 한우가 백호에게 화답한 노래

---

16 『해동가요(海東歌謠)』에 "송도(松都)의 명기 황진이의 무덤을 보고 이 노래를 지어 애도하였다"는 기록이 있다. 이덕형(李德泂, 1566~1645)의 『송도기이(松都記異)』에는 백호가 평안평사(平安評事)가 되어 송도를 지나다가 황진이 무덤에 들러 제문(祭文)을 지어 제사를 지냈는데, 그 글이 당시까지도 전해졌다고 기록되어 있다. 유몽인(柳夢寅, 1559~1623)의 『어우야담(於于野談)』에도 관련 기록이 전한다.

6부 '밝은 달 싣고 간 배'에는 주로 방외(方外)의 스님들과 교유하면서 지었거나, 절에 들러서 읊은 시들을 뽑았다.

「성불암에서 휴정 스님을 맞아 이야기하다」「처영에게」「보원상인에게」「원오에게」는 모두 스님들에게 준 시들이다. 선리(禪理)를 풀이하고 선취(禪趣)를 머금었으면서도 스님들과의 담담한 우정을 보여주는 맑고 은은한 작품들이다. 「대둔사」「일선(一禪)의 강원(講院)」「무위사에 묵으며」는 고즈넉한 사찰의 풍경을 담고 있다. 「장춘동」은 해남 두륜산의 골짜기로 대둔사가 있는 곳인데, 앞의 시들과는 다르게 이곳을 신선들의 세상처럼 읊고 있다.

마지막을 장식하는 「금선요」는 불교의 이야기를 장편 유선시(遊仙詩)의 분위기로 풀어낸 매우 색다른 시도를 보여주며, 백호의 분방하고 호탕한 기상이 돋보이는 걸작이다.

성불암에서 휴정 스님을 맞아 이야기하다

산새 한 마리 울지 않는 곳에서
두 사람 마주 앉아 한가로운데

속세의 의관(衣冠)과 스님의 가사를
둘로 나누어 보지를 마오.

成佛菴, 邀靜老話●休靜, 一代名僧, 時住香山[1]

一鳥不鳴處, 二人相對閑.
塵冠與法服, 莫作兩般看.

---

1 원주 "휴정(休靜)은 한 시대의 명승(名僧)인데 이때에 묘향산(妙香山)에 머물러
있었다." 휴정은 서산대사(西山大師, 1520~1604)로 속성은 최씨다.

처영에게

산을 치자면 풍악이 제일이요
스님 중에는 휴정이 무쌍이라지.

스님이 지금 먼 길을 찾아가니
방초(芳草) 시절에도 돌아오기 어려우리.

설법하는 자리엔 돌도 끄덕끄덕
바리(鉢) 씻을 적엔 용이 내려온다네.

이환(離幻)²에게 내 말 부디 전해주오
안부나마 끊이지 말라고.

山人處英將歷遊楓岳, 尋休靜, 詩以贐行³

第一山楓岳, 無雙釋靜師.
上人今遠訪, 芳草未言歸.
石點談經處, 龍降洗鉢時.
慇懃說離幻, 消息莫相違. •離幻, 乃空門友惟政, 號松雲.

2 원제 "산인(山人) 처영(處英)이 장차 풍악(楓岳)을 두루 구경하고 휴정(休靜)을 찾아보려 하기에 시를 지어주다." 처영 역시 서산대사의 제자이다. 훗날 임진 왜란 때 스승의 명을 받아 승병을 일으켰으며, 행주대첩(幸州大捷) 때 권율(權慄) 장군 휘하에서 큰 공을 세웠다.

3 "이환(離幻)은 바로 공문(空門)의 친구 유정(惟政)인데, 호는 송운(松雲)이다" 라는 원주가 달려 있다. '이환'은 사명대사(四溟大師, 1544~1610)의 자, '공문' 은 불교를 가리킨다.

보원상인에게

그대와 광릉사(廣陵寺)에서 작별한 후로
십년을 두고 만나고 싶었더라오.

물병 하나에 강한(江漢)의 달이요
낡은 장삼 묘향산 구름.

복사꽃의 묘한 이치[4] 깨닫고자
한가로이 패엽(貝葉)의 글[5] 넘겨보네.

조계(曹溪)[6]의 낯익은 그 얼굴
마주하니 어느덧 석양이로세.

贈普願上人

昔別廣陵寺, 十年思見君.
一甁江漢月, 殘衲妙香雲.
欲解桃花妙, 閑翻貝葉文.
曹溪舊面目, 相對已斜曛.

4 중국 송대(宋代) 혜명(慧明)이 편찬한 『오등회원(五燈會元)』에 따르면 지근선
  사(志勤禪師)가 위산(潙山)에 있을 때 복사꽃을 보고 도를 깨달았다고 한다.
5 '패엽의 글'은 불경을 지칭하는 말. 인도에서 패다수(貝多樹)라는 나무의 잎에
  다 글씨를 쓴 데서 유래했다.
6 선종(禪宗)의 육조(六祖) 혜능(慧能)이 일찍이 조계(曹溪)의 보림사(寶林寺)에
  서 설법하여 유명해졌으므로, 남종선(南宗禪)을 가리키는 말로 흔히 쓰인다.

대둔사

바닷가 장춘동(長春洞)[7]으로
칠조선(七祖禪)[8] 스님들 찾아갔노라.

텅 빈 시내 누각은 대숲에 가직하고
골짜기에 솟은 바위 하늘을 찌를 듯.

옛 전각에 예불소리 들려오고
빈 수풀에 저녁연기 오르누나.

동봉(東峯)의 밤엔 달도 없으니
등불을 벗하여 고요히 잠드네.

大芚寺

海上長春洞, 來尋七祖禪.

溪虛樓近竹, 峽束石磨天.

古殿聞齋磬, 空林見夕煙.

東峯夜無月, 寂寂伴燈眠.

---

7 해남군의 두륜산(頭倫山) 골짜기로, 여기에 대둔사(지금의 대흥사)가 있다.
8 화엄종을 계승한 일곱 고승 마명(馬鳴), 용수(龍樹), 두순(杜順), 지엄(智儼), 법
장(法藏), 징관(澄觀), 종밀(宗密)을 가리킨다.

일선一禪의 강원講院

스님 진작 여기서 세상만사 물거품[9]이라 설법하니
우담바라 하늘에서 떨어지고 돌도 고개 끄덕였다지.[10]

밝은 달 싣고 간 배는 이제 적막하고
흰구름 흐르는 물만 스스로 유유하여라.

一禪講堂 • 禪, 方外有道之流也, 常於普賢寺觀音殿講法云.[11]

禪和曾此說浮漚, 天雨優曇石點頭.

寂寞歸舟載明月, 白雲流水自悠悠.

---

9 물거품[浮漚]은 변화무상한 세상사를 비유하는 말.
10 우담바라[優曇鉢]는 무화과나무의 일종에서 피는 꽃으로 불교에서는 상서로운 조짐을 보여준다고 여긴다. '돌도 고개 끄덕였다[石點頭]'는 진나라 도생법사의 이야기에서 유래했으며 설법이 대단히 감화력이 뛰어남을 뜻한다. 1부 「청석동」에서의 주9 참조.
11 원주 "일선은 방외의 도를 지닌 부류이니 항상 보현사(普賢寺) 관음전(觀音殿)에서 불법을 강설했다." 일선(1488~1568)은 당대의 유명한 선승(禪僧)이며, 속성은 장씨(張氏)이다. 보현사는 묘향산에 있는 명찰(名刹) 중의 하나로, 일선이 이곳 관음전에서 설법한 것은 1544년 이후의 일이라고 한다.

원오에게

도화(桃花) 격죽(擊竹)이 모두 바깥의 일이거니[12]
불이관(不二關)[13]의 조각달은 언제나 밝은걸.

모름지기 한번 뛰어 공(空)의 경지에 이르러야지
애써 구한다고 한가로움이 얻어지겠나.

次黃柳村韻, 贈元悟[14]

桃花擊竹皆由外, 片月恒明不二關.
一超須到俱空處, 作意求閑豈得閑.

---

12 지근선사(志勤禪師)는 복사꽃이 핀 것을 보고 도를 깨닫고, 향엄선사(香嚴禪
師)는 기왓장을 던져 대를 맞춘 소리를 듣고 도를 깨달았다는 고사에서 빌려쓴
것이다.
13 불이문(不二門). 불가의 말로, 평등해서 차이가 없는 지극한 도를 말한다.
14 원제 "황유촌(黃柳村)의 시에 차운하여 원오(元悟)에게 주다." '유촌'은 황여
헌(黃汝獻, 1486~?)의 호.

무위사에 묵으며

옛 절이라 무위사 쪽빛 하늘에
나그네 채찍 따라 황혼이 찾아드네.

얼음 밑 시냇물은 차갑기 옥빛이요
눈 속의 수풀은 연기처럼 파랗구나.

천년의 불화는 혼미한 눈 열어주고
한잔의 차는 곤한 잠을 깨우더라.

한밤중 종소리 골짝을 울리는데
옷에 찌든 흙먼지 전생 인연 슬프도다.

宿無爲寺 ● 法堂後壁有佛畫, 筆法妙絶.[15]

無爲古寺蔚藍天, 暝色來隨遠客鞭.

氷下小溪寒似玉, 雪中佳樹碧如煙.

千年佛畫開昏眼, 一椀僧茶醒困眠.

半夜淸鍾動林壑, 滿衣塵土愴前緣.

15 원주 "법당 뒤쪽 벽에 불화(佛畫)가 그려져 있는데 필법이 절묘하다." 이 불화
는 현재 국보로 보존되고 있다.

장춘동

장춘동 이 골짝은 옛부터 신선 살던 곳
열두 옥루(玉樓)에 인적이 드물어라.

시냇물 얕고 맑아 흰 자갈 드러나고
높고 낮은 대밭길에 단풍잎 휘날리네.

산바람 쌀쌀해라 계수나무 열매 지고
바닷비 부슬부슬 초의(草衣)를 적시누나.

팔천 길 두륜봉 산마루에
마고(麻姑)[16]선녀 만나서 학 타고 피리 불며 돌아오리라.

長春洞雜言

長春之洞古仙府, 十二玉樓人到稀.
溪流淸淺白石出, 竹路高低紅葉飛.
山風凄冷落桂子, 海雨飄蕭霑草衣.
頭崙峯頂八千仞, 待得麻姑笙鶴歸.

16 중국 신화에 나오는 선녀.

금선요

태백산
까마득히 높고 가파르기도 해라!

아득히 옛적 신선들이 살던 곳
깊숙이 안개에 가린 동굴.

푸른 연잎 다투어 팔만 봉우리 빼어난데
금빛과 푸른빛이 번쩍이는 삼백 사찰.

인호대 앞에는 백 길의 폭포
비로봉 정상에는 천년 쌓인 눈.

계수나무 짙은 그늘에 푸른빛 옷에 젖고
기이한 구름 뭉게뭉게 골짝엔 바람 일어라.

밝은 대낮 홀연히 어둑어둑
깊은 골짝에 비바람 몰아치려나.

접동새 온 산에 피맺힌 소리
산도깨비 외다리로 춤을 추는가.

붉은 벼랑 푸른 고개 바라보니 끝없는데
예쁜 꽃 향긋하고 고운 풀도 우거졌네.

자양진인(紫陽眞人)[17] 학을 타고 그 사이에 노니니
속객(俗客)의 발길 닿지 않아 풍진(風塵)이 끊겼어라.

여기서 금선(金仙) 법왕(法王)[18]의 별세계 열려
푸른 절벽에 매달린 다래넝쿨 몇천 척이던가.

석실 두어 칸
불경 한 축(軸)

가부좌하신 노장 스님
얼굴빛 누르고 눈동자 푸르다.

밝은 노을로 천년의 양식을 삼고
떡갈나무 잎으로 겨울 석달을 입는다.

푸른 하늘 별을 바라보니 꿈은 벌써 돌아오고

차가운 강에 달 실은 배 처음 닻 내렸네.

한 점 먼지
팔극(八極)의 큰 땅

한섬(寒蟾)과 노오(老烏)가 적조(寂照)의 광명에 못 미치니
창자 속에 천둥소리 영아(嬰兒)가 곡을 하네.[19]

봉황과 사자는 닭과 개와 다름없고,
용천(龍天)[20]이 호위하니 마군(魔軍)도 항복하네.

때로는 승려들이 푸른 산을 향해 절을 올리지만
쫓아가려 해도 길이 끊어졌네.

온 골짝에 구름이 자욱한데
달 밝은 텅 빈 산이 쓸쓸하구나.

삼거(三車)[21]는 기다려도 오지 않으니
평생을 회상하며 애달플 뿐이로다.

옛날 나비 되어 날던 꿈²²이 그대로 신회(神會)요
무생(無生)의 오묘한 비결 들은 터라.

담담히 말을 잊고 한번 웃으며
섬돌 앞 작약꽃을 가리켰더라오.

속세 인연 아직 다하질 않아
나그네 행장 차리고

이곳의 산과 구름 작별하려니
모래바람은 나그네를 봐주질 않네.

호계(虎溪)²³를 지나자니 마음 서글퍼
학봉(鶴峯)²⁴의 소식을 이처럼 부치나이다.

金仙謠

太白之山, 邈爾高截.

縹緲古仙居, 幽深煙霧窟.

靑蓮競秀八萬峯, 金碧交輝三百刹.

引虎臺前百丈泉, 毗盧頂上千秋雪.

桂樹陰陰兮翠濕衣, 奇雲莭莭兮風生壑.

倏晦暝於白日, 訝風雨於深谷.

啼蜀魄而千聲, 舞山魈而一足.

丹崖翠嶺兮望不極, 琪花芬郁兮瑤草綠.

紫眞笙鶴常往來於其間兮, 俗駕不到風埃隔.

中有金仙法王之洞天兮, 靑壁懸蘿幾千尺.

石室數間, 珠經一軸.

趺坐老禪, 面黃瞳碧.

餐千春兮明霞, 衣三冬兮槲葉.

碧落看星夢已廻, 寒江載月舟初泊.

微塵一點, 大地八極.

寒蟾老烏猶不及寂照之光明兮, 雷鳴肚裏嬰兒哭.

鳳凰獅子乃鷄犬, 龍天護衛魔軍伏.

時有釋子望翠微而遙禮, 欲往從之徑路絶.

平萬壑而一雲, 悄空山而明月.

望三車而不來, 撫百歲而可惜.

昔栩蝶而神會, 聽無生之玄訣.

澹忘言而一笑, 指階前兮紅藥.

世緣未盡, 征衫猶著.

雲山從此別, 風沙不貸客.

過虎溪而惘悵, 寄鶴峯之消息.

17 도가의 신선으로 장생법을 얻어 하늘을 날아다녔다 한다.
18 '금선'과 '법왕'은 모두 석가모니를 가리킨다.
19 '한섬'은 '찬 두꺼비'로 달을, '노오'는 '늙은 까마귀'로 해를 가리키는 듯하
   다. '적조'는 '고요히 관조한다'는 뜻으로 여기서는 참선으로 얻어진 지혜나 해
   탈의 경지를 일컫는 것으로 생각된다. '영아'는 도가의 말로, 금단(金丹)이 이
   루어지면 뱃속에 '영아'가 생긴다고 한다.
20 천룡팔부(天龍八部). 모두 불법을 호위하는 신.
21 불가의 말로, 양이 끄는 수레(羊車), 사슴이 끄는 수레(鹿車), 소가 끄는 수레
   (牛車)의 삼승(三乘). 양이 끄는 수레는 성문승(聲聞乘), 사슴이 끄는 수레는 연
   각승(緣覺乘), 소가 끄는 수레는 보살승(菩薩乘)을 뜻한다. 이는 세 짐승의 힘에
   따라 수레에 싣는 짐의 무게가 다른 것으로 도력(道力)의 깊고 얕음을 비유한
   것이다.
22 몽중향(夢中鄉). 장자가 꿈에 나비가 된 이야기를 끌어다 쓴 것이다(『莊子』
   「齊物論」 "昔子莊周夢爲胡蝶, 栩栩然蝴蝶也, 俄然覺則遽遽然周也").
23 중국의 유명한 산인 여산(盧山)에 있다. 「여산기(盧山記)」에 "혜원(惠遠)이 여
   산 동림사(東林寺)에 거주하고 있었는데 손님을 전송할 때 시내를 넘어간 일이
   없었다. 한번은 도연명(陶淵明)과 도사 육정수(陸靜修)가 찾아와서 전송할 때
   이야기하다가 그 시내를 넘어섰더니 문득 범이 울었다. 세 사람이 웃으며 작별
   했다"고 하였다.
24 선도(仙道)를 닦는 사람이 거처하는 산을 가리킨다.

백호는 나주에서 나고 자랐고, 대곡 성운을 스승으로 모신 뒤에는 속리산에서 공부했으며, 스물아홉살에 과거에 급제한 뒤로는 짧은 기간을 제외하면 주로 평안도·함경도·전라도 등지에서 벼슬살이를 했기 때문에 도성에 머문 기간은 극히 짧았다. 그러나 서울에도 집이 있었던 것으로 보이며, 오늘날의 서울 부근을 읊은 작품들도 간간이 보인다. 7부 '서울 주변의 풍광'에서는 이러한 작품들을 가려뽑았는데, 서울 주변 산하가 그림처럼 펼쳐져 있다.

「중흥동으로 들어가며」「무릉계」「사한동에서」「삼각산 연구」는 최근에 새로 소개된 『겸재유고』의 『정악창수(鼎岳唱酬)』에 실려 있다. '정악(鼎岳)'은 삼각산(三角山)의 다른 표현이다. 『정악창수』는 1574년 백호가 당대 일류 문인인 양대박(梁大樸, 1543~92), 정지승(鄭之升, 1550~89)과 함께 삼각산 일대를 유람하며 수창(酬唱)한 시들을 모은 것이다.

그밖의 작품들 중에는 한강과 주변 풍광을 제재로 지은 작품들을 많이 뽑았다. 「수월정 주변의 여덟 명승」은 지금의 동호대교 부근에 있던 여성위(礪城尉) 송인(宋寅, 1517~84)의 정자인 수월정 주변의 여덟 명승을 읊은 작품이다. 「압구정」은 세조 때 권신 한명회(韓明澮, 1415~87)의 정자인 압구정의 명칭에 착안하여 한명회를 비판하고 김시습(金時習, 1435~93)을 추모한 작품이며, 「양화나루」「서울로 가며」「새벽에 저자도에 정박하여 서울을 바라보다」는 모두 배를 타고 다니면서 본 한강의 풍광을 묘사한 작품이다. 「비 오는 날 서울 집에서」는 한성부(漢城府) 동쪽 연화방(蓮花坊)에 있던 것으로 추정되는 자신의 서울 집에서 비 오는 날의 한양성 풍경과 삶의 고뇌를 담고 있다.

중흥동[1]으로 들어가며

마음이 고요하니 지경(地境)도 적막해라
바위는 아슬히 하늘과 맞닿았네.

높은 봉우리 저 너머 구름이 비끼고
한가람 서쪽으로 해가 떨어지누나.

온 골짝에 잎이 다 졌는데
막대 짚은 한 사람 시내를 건너네.

바위 사이 기화요초 우거졌으니
원공[2]의 집이 여기 아닌가!

入中興洞

心靜境俱寂, 石危天與齊.

雲橫高岫外, 日落大江西.

萬壑葉辭樹, 一筇人渡溪.

巖間長瑤草, 莫是遠公棲.

1 북한산 노적봉 아래 계곡으로 중흥사가 있던 곳이다.
2 진(晉)나라 고승 혜원(惠遠)이 여산(廬山) 동림사(東林寺)에 있었는데 세상사
 람들이 그를 원공(遠公)이라 불렀다.

무릉계[3]

높고 낮은 봉우리들
옥비녀처럼 늘어섰는데
자욱한 운무 속에
계곡 하나 감춰져 있네.

진원(眞源)은 어디인가
찾아도 길이 없는데
푸른 절벽 붉은 단풍
사람을 현혹하네.

武陵溪

亂峯高下玉簪齊, 縹緲雲霞祕一溪.
欲覓眞源却無路, 翠崖紅樹使人迷.

3 무릉계는 북한산성 내의 계곡의 하나로 중흥동 아래쪽을 가리킨다. 단풍이 곱기로 손꼽힌다.

사한동에서[4]

깊은 골짝
쓸쓸히 바람이 일고
차가운 시내에
비가 뚝뚝.

나그네 저물녘
돌아오는 길에
서늘한 물안개가
피어오르네.

沙寒洞

蕭蕭幽峽風, 點點寒溪雨.
客子暮歸來, 凉烟生古道.

4 사한동은 어딘지 확실치 않은데, 정릉으로 내려오는 계곡으로 추정된다.

삼각산 연구聯句[5]

중흥동에 안개 짙고 비가 내려서
가을 맞은 삼각산에 머물게 됐네. _ 임제

막대 짚고 신선들 찾아나서서
벗님들과 신선세상 놀아보았네. _ 양대박

날 개면 산봉우리 빼어날 테고
물 불어 골짝마다 그 소리 가득하리라. _ 정지승

구름 뚫고 자부(紫府)[6]에 들어왔다가
절집 서쪽 다락에서 시를 읊노라. _ 임제

鼎岳聯句

霧雨重輿洞, 淹留鼎嶽秋. _ 子順

携筇訪仙侶, 與子試天遊. _ 士眞

霽色千峯秀, 寒聲萬壑流. _ 子愼

穿雲入紫府, 吟倚寺西樓. _ 子順

5 '연구'란 여러 사람이 번갈아 지어서 한 편을 이루는, 공동창작의 성격을 갖는
　유희적인 성격의 시이다. 주로 시회(詩會) 자리에서 지어졌다. 자순(子順)은 백
　호의 자이며, 사진(士眞)은 양대박의 자, 자신(子愼)은 정지승의 자이다.
6 신선들이 사는 궁궐을 말한다.

수월정[7] 주변의 여덟 명승

묘적산의 아침 구름
바위에 부딪쳐 일어나는 아침 구름 보아라
아침엔 푸른 봉우리들을 온통 둘러싸네.

어여뻐라! 가뭄에 장마비 되질 않고
시선(詩仙)의 비위 맞춰 정자 앞에 펼쳐지다니.

청계산의 저녁비
향로에 연기 젖어 수침향(水沈香) 재가 되고
선들기운 주렴을 뚫어 짧은 꿈 깨어나네.

청계산 위에 내리던 비
저녁 바람이 불어 보내 강 건너 오시네.

한강의 가을달
맑은 가을 한강엔 구름 안개 깨끗하고
달은 이슬에 씻겨 파란 하늘에 걸렸구나.

어찌 하면 여동빈(呂洞賓)[8]의 철적(鐵笛)이 메아리쳐
깊은 밤 잠든 용을 놀라 깨게 한단 말인가.

눈 갠 아차산

저녁 추위로 병 속 물이 얼어붙고
눈 갠 먼 산에 까마귀 날아드네.

수월(水月)에 얼비치는 갓 핀 매화 그리우니
쪽배 하나 불러 타고 서호[9]로 찾아갈까.

살곶이 들판[10]

십리나 넓은 벌판 펼쳐진 그림인 양
봄 아지랑이 고운 풀 물마저 넘실넘실.

바람 앞에 힝힝대는 저 말떼 저마다 준마(駿馬)인데
백락(伯樂)이 한번이나 여길 지나간 적 있었던가.[11]

푸르른 용문산

나는 새 외로운 구름 까마득한 저 사이로
용문산 제일봉이 파랗게 드러났네.

앞강물에 길이 있어 세 층으로 통하니

한번 가면 큰 고기 몇 마리나 잡으려나.

사평에 오가는 나그네들
사평원 북편에 길먼지 노상 일어
사시사철 남북으로 떠났다가 돌아오네.

슬프다, 모두들 명리(名利)로 늙어가니
나루터 묻는 사람[12]을 언제 다시 만나볼까.

저자도[13]의 돛단배
하늬바람에 먼 데 갔던 돛단배 나날이 돌아오니
섬에도 가을 깊어 기러기 날아드네.

강동이라 장한(張翰)[14]을 길이 추억하노니
농어회 순채나물 맛에 벼슬뜻이 엷어졌다지.

水月亭八詠

妙積朝雲
替得朝雲觸石生, 朝來籠盡亂峯靑.

可憐不作商家雨, 怡悅詩仙管一亭.

靑溪晚雨

鴨爐煙濕水沈灰, 涼透重簾小夢回.
一片靑溪山上雨, 晚風吹送過江來.

漢江秋月

秋晴江漢淨雲煙, 露洗銀蟾掛碧天.
安得回仙響鐵笛, 夜深驚起蟄龍眠.

峨嵯霽雪

夕寒氷合古銅壺, 晴雪遙岑見暝烏.
仍想新梅映水月, 擬呼孤艇下西湖.

箭郊平蕪

十里平蕪似畫圖, 暖煙芳草水生湖.
嘶風萬馬皆神駿, 曾有孫陽過此無.

龍門茸翠

孤雲飛鳥渺茫間, 碧露龍門第一巒.

前江有路通三級, 幾箇脩鱗去得攀.

沙平行客

沙平院北起行塵, 南去北來秋又春.
怊悵盡從名利老, 若爲重見問津人.

楮島歸帆

西風日日遠帆歸, 島嶼秋深雁政飛.
永憶江東張翰去, 玉鱸銀菜宦情微.

7 수월정(水月亭)은 중종의 부마였던 여성위 송인의 정자. 송인의 자는 명중(明仲), 호는 이암(頤庵)이며 본관은 여산(礪山)이다. 시문을 잘 지었고, 특히 서법(書法)으로 이름이 높았으며, 이황(李滉)·조식(曺植)·이이(李珥)·성혼(成渾)·정렴(鄭磏)·이민구(李敏求) 등 당대의 명사들과 교유하였다. 문집으로『이암유고(頤庵遺稿)』가 전한다. 신흠(申欽)의『상촌집(象村集)』권9에 실린「동호의 수월정에서 노닐며(游東湖水月亭)」의 소서(小序)에 수월정의 간략한 내력이 나오는데, 임진왜란 때 소실되었다고 한다. 동호(東湖)는 지금의 동호대교 부근 한강의 별칭이며, 팔경(八景)으로 읊은 묘적산(妙積山, 양주), 청계산(靑溪山, 과천), 한강(漢江), 아차산(峩嵯山, 지금의 광나루 부근), 용문산(龍門山), 사평원(沙平院, 지금 서초구에 속함), 저도(楮島, 지금의 잠실 지역)의 여덟 곳이 모두 한강변이다.『이암유고』의 부록에는 백호의 이 작품과 함께 급고(汲古) 이홍남(李洪男, 1515~?)의 작품도 실려 있다.

8 도교의 신선으로, 당나라 때 장안 사람인데 종남산(終南山)에서 수도한 이후 종적을 감추었다 한다.

9 서호(西湖)는 중국 항저우(杭州)에 있는 호수. 송나라 때 매화 시인으로 유명한 임포(林逋)가 서호가에 집을 두고 매화를 아내로, 학을 아들로 삼아[妻梅子鶴] 살았기에 원용한 것이다.

10 살곶이다리[箭橋]가 있는 교외라는 뜻으로 쓴 표현. 이곳은 지금 뚝섬으로 당시에는 말을 키우는 목장이 있었다.

11 중국 고대에 말을 잘 분별하는 사람으로 유명하며, 본명은 손양(孫陽).

12 나루터 묻는 사람[問津人]이란 옳은 길 혹은 이상함을 찾아 묻는다는 뜻(『論語·微子』“長沮桀溺耦而耕, 孔子過之, 使子路問津焉”; 陶淵明「桃花源記」, “尋疾終, 後遂無問津者”).

13 저자도(楮子島)는 지금 서울의 옥수동과 압구정동 사이의 한강에 있던 섬. 1990년대 한강 정비공사로 사라졌다.

14 장한은 진(晉)나라 때 강동(江東) 사람. 그는 벼슬을 하여 대사마 동조연(大司馬東曹椽)이 되었는데, 가을바람이 일어나자 고향의 순갱(蓴羹, 순채국)과 농어회가 생각나서 벼슬을 버리고 돌아갔다.

압구정[15]

사람이 물새와 친밀한 것은
기심(機心)이 전혀 없기 때문이라.[16]

정자 이름 '압구'라 붙였는데
그는 과연 기심을 잊은 자인가.

지난 일 모두 다 유유해라
뜨락에 풀 잘 자라 앉기에 좋구나.

길이길이 청은옹(淸隱翁)[17]을 그리노라니
슬픔에 눈물만 가득.

狎鷗亭

人而可狎鷗, 以其無機也.
狎鷗以名亭, 果是忘機者.
往事俱悠悠, 寒庭草可藉.
永懷淸隱翁, 悲來淚盈把.

15 압구정(狎鷗亭)은 한강가에 한명회가 지은 정자.『신증동국여지승람』권6「광
　주부(廣州府)」에는 "상당부원군(上黨府院君) 한명회가 두모포(豆毛浦) 남쪽 언
　덕에 정자를 짓고 명나라에 사신으로 갔을 때 한림학사 예겸(倪謙)에게 이름을
　청했더니 '압구'라고 지어주었다"고 기록되어 있다. '압구'는 '물새와 친하다'는
　뜻이다.

16 술수를 부려서 남을 해치려는 마음. 해변에 사는 한 사람이 갈매기와 친해
　서 늘 그의 옆에 갈매기들이 와서 놀았다. 누가 갈매기 한 마리를 잡아달라고
　해서 갈매기를 잡을 마음으로 바닷가에 나갔더니 갈매기들이 가까이 오려 하
　지 않았다. 그때 그에게는 '기심'이 있었기 때문에 그런 일이 일어났다는 것이
　다.(『列子·黃帝』)

17 청은옹은 김시습을 가리킨다. 김시습은 '벽산청은(碧山淸隱)'이란 호를 쓴 바
　있다.

양화나루

강남 강북 양편 언덕
실버들 마냥 늘어지고
옛 나루터 산들바람
나그네 옷깃 스쳐가네.

모래톱에 저녁 밀물
해오라기 놀라 나는데
해문(海門)에는 돛단배들
무수히 떠 오가누나.

楊花渡口

江南江北柳依依, 古渡微風吹客衣.
沙渚晚潮眠鷺起, 海門無數片帆歸.

서울로 가며

거문고에 보검이면 행장은 충분하고
바둑판과 한잔 차로 세상일 잊는다네.

한강 어귀 지는 해는 기러기 따라 돌아가고
광릉의 연월(煙月)은 스님과 짝지어 한가롭다.

파강의 비바람 외론 배에 몰아치고
용산의 솔숲은 한밤 내내 차갑구나.

어촌에서 술을 사 마시니 때마침 또 명절인데
싸늘한 저 구름 사이 옥경(玉京)으로 돌아가는 길.

紀行[18]

瑤琴寶劍行裝足, 碁局茶甌世事殘.

漢口夕陽隨鴈去, 廣陵煙月伴僧閑.

巴江風雨孤帆急, 龍浦松筠一夜寒.

賒酒漁村又佳節, 玉京歸路冷雲間.

---

18 원제 "기행(紀行)"은 배로 한강을 내려와 서울로 가는 것을 읊은 것이다. 광릉
(廣陵)은 광주(廣州)의 별칭, 파강(巴江)은 양천(陽川, 지금 서울의 양천구) 쪽
한강이다. 옥경(玉京)은 옥황상제가 있는 곳이지만, 여기서는 서울을 뜻한다.

새벽에 저자도에 정박하여 서울을 바라보다

새벽비 부슬부슬 수촌(水村)에 뿌리고
한 가락 젓대소리 밤낚시꾼 돌아가나.

강가의 조각배에서 홀연히 꿈이 깨어
구름 속 만수산을 아슬히 바라보네.

병만 많아 구업(舊業) 없어 스스로 가엽고
무능하니 벼슬자리 도리어 부끄럽소.

여기서 서울 가면 봄빛이 바다련만
동성(東城)[19]에는 우리 집 대문만 닫혔으리.

曉泊楮島望京

曉雨霏霏過水村, 一聲長笛夜漁還.
江間忽覺孤舟夢, 雲裡遙瞻萬壽山.
多病自憐無舊業, 不才還愧忝微班.
京華此去春如海, 家在東城獨掩關.

19 도성의 동쪽. 백호의 서울 집이 서울 도성의 동쪽 연방(蓮坊)에 있었다.

비 오는 날 서울 집에서

해가 지자 연못에는 개구리 소리 요란한데
창문에 향기 젖어 비단휘장 가리었네.

삼각산 삼천 길(丈)이 구름 속에 묻히더니
황성(皇城) 백만 호에 빗발이 쏟아지는구나.

봄은 벽도화 따라서 안마당에서 깊어가는데
방초 우거진 고향꿈 자주 꾸네.

동풍에 흔들리는 경파(鯨波)[20]를 상상하니
「양보음」[21]이 이뤄져도 여한은 있고말고.

雨堂書事•在蓮坊家[22]

薄晚平池聽亂蛙, 小窓香濕掩輕羅.

雲埋華岳三千丈, 雨壓皇城百萬家.

春向碧桃深院老, 夢歸芳草故園多.

東風坐想鯨波動, 梁甫吟成恨有餘.

20 경파(鯨波)는 고래가 일으키는 듯한 큰 물결.
21 4부의 시 「꿈을 꾸고 나서」의 주2 참조.
22 원주 "연방(蓮坊) 집에 있으면서."

8부

고도(古都)를 찾아서

「패강가」와 「송도회고 시에 차운하다」는 각각 10수의 연작시로 우리 역사를 대표하는 고도(古都)인 평양과 개성을 노래한 작품들이다. 이 지역들은 백호 문학의 중요한 무대였다. 개성에 들렀을 때 황진이의 무덤을 지나며 지은 시조도 유명하고, 평양에서는 그곳 시인들과 활발히 시를 수창하여, 『부벽루상영록(浮碧樓觴詠錄)』이란 시집으로 간행되기도 하였다. 또 5부 '수줍어서 말 못하고'에 실린 애정시들 가운데도 이곳에서 창작된 작품이 많다. 그래서 조선후기의 유명한 시인 석북(石北) 신광수(申光洙, 1712~75)는 「관서악부(關西樂府)」에서 "문장 성대는 돌아오기 어려우니, 임제가 일찍이 휘파람 불며 여기 왔었지(文章盛代更難廻, 林悌曾吹口笛來)"라 노래하기도 하였다.

「패강가」의 '패강'은 평양을 흐르는 대동강(大同江)의 별칭으로, 이곳의 이모저모를 읊고 있는데, 그 주류는 마지막 수에서 말하는 바와 같이 대체로 평양성에서 있었던 옛일과 지금의 모습[古今事] 및 남녀 사이의 이별의 한[別離]으로 대별된다. 첫 두 수는 고조선과 고구려의 옛 도읍인 평양의 번화함과 그 유적들을 소묘하고 있으며, 제3수와 제4수는 평양에 도읍을 정한 것으로 전하는 기자조선(箕子朝鮮)과 위만조선(衛滿朝鮮) 때의 일을 회고하고 있다. 제5수는 퇴락한 고구려 왕릉의 모습과 자고신(紫姑神)에게 제사 지내는 주민들의 떠들썩한 광경을 대비하고, 제9수는 영명사(永明寺)에 등불을 켜고 부처님께 소원을 비는 풍속을 담고 있다. 제6~8수는 모두 남녀의 사랑과 이별을 그린 작품들로 정지상(鄭知常)의 「송인(送人)」이나 고려가요 「서경별곡(西京別曲)」과 그 정서가 상통하며, 조선시대까지도 시인들이 평양에서 이런 분위기의 작품들을 많이 지었던 것으로 보인다. 마지막 수는 대동강에 어린 태평성세의 기상과 배를 타고 노닐며 실컷 취한 자신의 모습을 담는 것으로 끝맺고 있다.

「송도회고 시에 차운하다」는 제8수에서 시를 짓게 된 동기를 엿볼 수 있는데, 시에서 '유선(儒仙)'이라 일컫는 상관을 모시고 개성에 들렀다가 동료들과 함께 어울려 짓게 된 것이 아닌가 생각된다. 한시에서 '차운(次韻)'이라는 것은 먼저 사람이 지은 시의 각운(脚韻)을 그대로 사용해서 짓는 것을 말하는데, 원래 「송도회고」는 함께 있던 동료나 상관이 지었을 가능성이 높다. 대체로 고려의 궁궐터인 만월대(滿月臺), 개성의 진산(鎭山)인 송악산(松嶽山) 등을 중심으로 개성의 역사적 명승을 읊으며 지난 역사를 회고하고 느껴워하는 작품이 주류를 이루고, 제9수는 송악산에 살고픈 자신의 마음을, 마지막 수는 자신의 울적한 심사를 읊고 있다. 전체적으로 「패강가」에 비해서는 짜임이 다채롭지 못한데, 아무래도 다른 사람의 운을 밟아서 지은 탓이라 생각된다.

패강가

1

층층 성곽 푸른 숲은 잔잔한 물가에 우뚝하고
누대(樓臺)는 높다랗게 하늘에 맞닿은 듯.

옛날의 번화한 모습 아직도 남아
밝은 달 풍류소리 강 언덕에 퍼지누나.

2

동명왕 신비한 일 어부와 나무꾼도 익히 알건만
기린굴(麒麟窟) 조천석(朝天石) 옛 유적이 적막하네.[1]

잡초는 문무정(文武井)을 다 묻을 듯 우거졌고
물새들만 오락가락 백운교로 나는구나.[2]

3

태평성대 우리나라 농잠(農蠶) 두루 풍성하고
팔조(八條)의 가르침[3]을 지금껏 숭상한다.

신하노릇 않겠다던 그 말씀 아직도 생생하니[4]
강상(綱常)을 바로 세운 제일의 공이로세.

4

연(燕)나라 망명객[5]이 감히 반란 일으키니
넓은 바다 조각배로 기약 없이 떠났다네.

하늘의 뜻 어진 이의 자손을 보존하사
남녘 땅 한쪽 편에 마한(馬韓)을 세웠어라.[6]

5

제자(帝子)여 돌아오소서, 넋이야 있건 없건
칠성문(七星門) 밖으로 외로운 저 흙무덤.

석수(石獸)에는 이끼 끼고 인적이 끊겼는데
온 마을 북소리 자고(紫姑) 신령께[7] 굿을 하네.

6

패강의 아녀자들 봄볕에 걷노라니
강가의 능수버들 참으로 애를 끊네.

다함없는 버들가지로 베를 짤 수 있다면

임을 위해 지으리라, 춤추는 의상을.

7

저의 얼굴 꽃과 같아 피었다간 시드는데
임의 마음 버들솜처럼 머무는 듯 떠나지요.

비옵건대 백 길의 파도를 벽처럼 옮겨 세워
임 타신 배 가로막아 보내지 않았으면.

8

헤어지는 사람들 날마다 버들가지 꺾어내어
천 가지를 다 꺾어도 임은 머물지 않네.

젊은 처자 붉은 소매 하고 많은 눈물이여
연파(烟波) 위로 지는 해에 고금(古今)의 시름.

9

금수산(錦繡山)⁸ 앞 영명사(永明寺)에는
때때로 여인네들 등불 켜고 돌아오네.

신명의 도움으로 소망을 이루고자
비단장삼 몰래 지어 부처님께 시주하네.

10

흥망이다 이별이다 모두 생각지 말고
미친 듯 술에 빠진 신선이나 되어보세.

맑은 강물에 용연(龍涎)의 서기(瑞氣)[9] 기쁘기 한량없어
백리 푸른 물결에 낚싯배를 띄우노라.

浿江歌

1

層城碧樹壓微瀾, 天襯樓臺縹緲間.
古國繁華今尙在, 月明歌吹動江關.

2

東明異說屬漁樵, 麟馬朝天事寂寥.
野草欲埋文武井, 沙禽飛上白雲橋.

3

壽域農桑遍海東, 八條遺教至今崇.
罔爲臣僕言猶在, 扶植綱常第一功.

4

燕地亡人敢揭竿, 扁舟滄海去無端.
天心不泯仁賢祚, 一片江南作馬韓.

5

帝子歸來魂有無, 七星門外土墳孤.
苔深石獸人蹤斷, 簫鼓千村賽紫姑.

6

浿江兒女踏春陽, 江上垂楊政斷腸.
無限煙絲若可織, 爲君裁作舞衣裳.

7

妾貌似花紅易減, 郎心如絮去何輕.
願移百尺淸流壁, 遮却蘭舟不放行.

8

離人日日折楊柳, 折盡千枝人莫留.

紅袖翠娥多少淚, 煙波落日古今愁.

9

錦繡山前永明寺, 有時兒女點燈歸.

欲將冥佑諧心事, 暗剪羅衫施佛衣.

10

不管興亡與別筵, 顚狂來作酒中仙.

江淸喜絶龍涎瑞, 百里滄浪付釣船.

1 기린굴과 조천석은 모두 평양 부벽루 부근에 있는 동명왕(東明王)의 유적이다. 『신증동국여지승람』「평양부 고적(古跡)조」에 기린굴이 나오는데 "세상에 전하기를 왕이 기린마를 타고 이 굴로 들어가서 땅속에서 조천석으로 나와 하늘로 올라갔다. 그 말의 자취가 지금 석상에 남아 있다"고 하였다.

2 『신증동국여지승람』「평양부 고적조」에 "청운교·백운교는 모두 구제궁(九梯宮)터 안에 있으니 동명왕 때의 다리다. 자연 그대로 이루어져 인공을 빌리지 않았다"고 하였다. 구제궁은 영명사 경내에 있으며, 동명왕의 궁궐로 전하는 곳이다. 앞구의 문무정(文武井) 역시 구제궁 내에 있는 것으로 짐작된다.

3 기자(箕子)가 동쪽으로 와서 백성들을 다스리기 위해 제정했다는 여덟 가지 조목의 금법(禁法).

4 나라가 망하더라도 굴복하여 (다른 나라의)신하노릇은 하지 않겠다는 의미(『書經·微子』 "商其淪喪, 我罔爲臣僕").

5 반란을 일으켜 기준(箕準)을 몰아낸 위만(衛滿)을 가리킨다.

6 기준이 위만의 반란을 피해 남쪽으로 내려와 지금의 익산군(益山郡) 금마(金馬)에서 마한을 세웠다는 설이 있다.

7 자고는 중국 여신의 이름. 전설에 따르면 자고는 어떤 이의 첩이었는데 본처의 투기로 험한 일만 하다가 원한에 사무쳐 정월 보름날 죽었다. 그리하여 이날 그의 화상을 그려놓고 밤에 측간이나 돼지우리 옆으로 맞아 복을 비는 풍속이 생겨났다고 한다.

8 평양의 진산. 이 산에 모란봉(牡丹峯)이 있으며 영명사는 부벽루 서쪽 기린굴 위에 있다.

9 용연향(龍涎香)을 말한다. 향유고래 수컷이 먹이를 제대로 소화하지 못했을 때 소화기관에서 생성, 분비되는 매우 진귀한 향료이다. 여기서는 대동강에 물결이 칠 때 보이는 물거품을 미화해서 표현한 것으로 생각된다.

송도회고 시에 차운하다

1

옛 왕조 조문하는 울적한 마음 해마저 저무니
황량한 만월대엔 높은 나무들만 찬 안개에 가려 있네.

범이 걸터앉고 용이 서린 이곳 형세
조계박압(操鷄搏鴨)¹⁰의 역사가 적막하구나.

2

송악산 봉우리 울울창창 높이 솟아
옛 왕조 기상을 상상코도 남겠도다.

오백년 지난 일이 새벽 꿈같으니
태평시절 연화(烟火)는 한양의 강산이라.

3

예로부터 명승지로 전하던 만월대
나무꾼과 목동들이 풀밭으로 지나가네.

요승의 꿈에 한번 현혹되고 보니
곡령(鵠嶺) 송산(松山) 다시는 도읍지가 될 수 없었네.¹¹

4

고목나무 가을바람 감회도 새로워라
반천년 유적 문물 모두 다 티끌처럼.

그 당시 칼을 차고 대궐로 나갈 적에
사나이라 손꼽힐 자 몇이나 있었던가.

5

갈가마귀 날아가고 날은 저무는데
슬프다 어구(御溝)의 물 예전처럼 귀에 울려.

민가 곳곳에 교룡(蛟龍)의 주춧돌
아직도 옛 왕궁터 이슬에 젖는구나.

6

인적 끊긴 쓸쓸한 교외에 안개 멀리 푸르고
한 가락 젓대소리 석양에 애끊는데

고려시절 옛일이 이별한 마음에 시름 보태니

북녘 구름 찬 눈에 돌아갈 길 헤어본다.

7

열두 다리에 바람 이슬 해맑은데
밤 깊자 외로운 달 사람 향해 밝아오네.

어찌하리, 목멘 듯 찬 냇물소리
무정한 듯 유정한 듯.

8

송도라 산악 형세 멀리 뻗어 우뚝우뚝
천상의 유선(儒仙)이 사절(使節) 거마(車馬) 멈추었네.[12]

어찌하면 자하동[13]에 모시고 노닐면서
옥루(玉樓) 밝은 달에 통소소리 들을 수 있나.

9

일신이 한가하면 어딘들 좋지 않으랴!
운라(雲蘿)[14]는 끝없이 푸른 벼랑 덮었어라.

지금 곧 젊은 나이에 벼슬일랑 내던지고
나물밥 한 사발에 조촐한 집에 가 앉고 싶네.

10

서른살 이 몸이 글도 칼도 못 이루고
청포(靑袍)와 오사모(烏紗帽)로 풍진 속을 헤매다니.[15]

세상에서 미치광이라 떠들어도 이상히 알지 마오
시인이 아니라면 술꾼이겠지.

次松都懷古

1

弔古幽襟屬暮天, 荒臺喬木鎭寒煙.
凄凉踞虎蟠龍勢, 寂寞操鷄搏鴨年.

2

松巒一朶鬱嵯峨, 想得前朝王氣多.
五百年間同曉夢, 大平煙火漢山河.

3

滿月臺傳舊勝區, 祗今樵牧過寒蕪.
應緣一惑妖僧夢, 鵠嶺松山不復都.

4

古木霜風感慨新, 半千文物摠成塵.
當時劍佩趨金闕, 屈指男兒有幾人.

5

飛盡寒鴉日欲昏, 傷心溝水舊聲喧.
村家處處蛟龍礎, 猶濕王宮雨露痕.

6

荒郊人絶遠煙靑, 落日那堪一笛橫.
往事轉添傷別意, 朔雲寒雪計歸程.

7

十二橋頭風露淸, 夜深孤月向人明.
如何咽咽寒溪水, 任是無情似有情.

8

松都山勢遠岧嶤, 天上儒仙駐使軺.

安得陪遊紫霞洞, 玉樓明月聽吹簫.

9

身閑何處境非佳, 無限雲蘿掩翠崖.

便欲紅顔謝簪紱, 一盃蔬食坐淸齋.

10

書劍無成五六春, 靑袍烏帽在風塵.

狂名滿世休相訝, 不是詩人是酒人.

10 왕건이 고려를 건국하던 일을 가리키는 말. 왕창근(王昌瑾)의 『비기(秘記)』에
   먼저 닭을 잡고(鷄林, 즉 신라를 가리킴), 뒤에 오리(鴨, 곧 압록강을 가리킴)를
   잡으라고 나와 있었는데, 왕건은 그대로 실행하여 압록강 이남의 땅을 통일하
   여 고려를 세웠다는 것이다(成俔『慵齋叢話』).
11 요승은 신돈(辛旽)을 가리키며, 신돈이 공민왕(恭愍王)을 현혹하여 결국 고려
   가 망하는 계기가 되었다고 본 것이다. 곡령과 송산은 모두 개성을 상징하는 지
   명으로, 송산은 개성의 진산인 송악(松嶽)이며 곡령도 그곳에 있다. 최치원이
   신라가 망하고 고려가 흥할 것이라는 의미로 "계림황엽(鷄林黃葉), 곡령청송
   (鵠嶺靑松)"이라는 글귀를 남긴 바 있다고 전한다.
12 백호가 모시고 개성에 왔던 상관을 아화(雅化)하여 표현한 것으로 보이는데,
   정확히 누구인지는 미상이다.
13 자하동(紫霞洞)은 송악산의 이름난 골짜기. 고려때 시중(侍中) 채홍철(蔡洪
   哲)이 그곳에 중화당(中和堂)이란 집을 짓고 나라 원로들을 자주 초청해 기영
   회(耆英會)를 열었다. 이때 노래를 지어 가비(歌婢)에게 부르게 했는데 이것이
   「자하동」이란 이름으로 후세에 전한다. 남효온(南孝溫)의 『추강집(秋江集)』 권
   6 『송경록(松京錄)』에 그때 노래가 천상의 소리 같아서 "채홍철이 손님들에게
   '자하동에는 전부터 신선이 살아 밤이면 이런 소리가 들린다'고 말하니 모두
   들 그대로 믿었다. 하루는 음악소리가 점차 가까이 와서 중화당 뒤편에 이르렀
   다가 금방 당 앞의 뜰 가운데로 나오니, 채홍철은 무릎을 꿇었고 여러 손님들도
   모두 머리를 조아리고 엎드려서 들었다" 한다.
14 자등(紫藤)을 가리킨다. 주로 깊은 산속 은자들이 사는 곳을 가리키는 데 많
   이 쓴다.
15 '청포'는 하급 관원들이 입는 관복이며, '오사모'는 관원들이 쓰는 검은색의
   얇은 사(紗)로 만드는 모자이다.

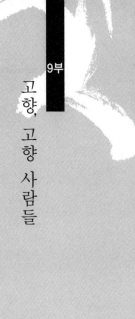

9부

고향, 고향 사람들

여기 뽑힌 시들은 백호의 고향 전라도 나주와 그 인근 고을을 제재로 한 작품들과 고향의 가족, 지인들에게 준 작품들이 주류를 이룬다.

「송추를 지나며 소회를 읊다」는 선산에 가서 돌아가신 어머니의 사랑을 추억한 작품이며, 「금리에 아우들을 두고 떠나며」「아우 환의 시에 차운하여」「배 안에서 작별하며」는 아우들에 대한 마음이 담긴 시들이다. 「주룡나루」역시 아우와 동행하여 제주도에 계신 아버지를 뵈러 갈 때 지은 작품이다.

또한 고향 마을의 절에 있던 스님들에게 준 시들이 있다. 「보광사의 두 스님에게」「우(瑀)노장에게」「고향의 천진 스님에게」등이 그러한데, 특히 뒤의 두 작품은 객지에서 벼슬살이 중에 그들을 만났기 때문에 고향에 대한 그리움이 가득하다.

그리고 「금성곡」은 나주, 「오산곡」은 장성, 「초산곡」은 정읍, 「월출산 노래」「도갑사 동구」「월남사 옛터에 들러」는 영암과 강진을 노래한 시들이다. 「배를 타고 앙암 주위를 노닐며」와 「배 젓는 노래」는 백호의 고향인 나주 회진(會津) 마을의 영산강을 무대로 지은 작품이다. 한편, 백호의 외가는 지금의 곡성군(谷城郡) 옥과면(玉果面) 내동리(內洞里)의 무진장(無盡藏)이란 곳에 있었고, '백호(白湖)'는 바로 이곳을 흐르는 섬진강의 지류를 가리키는데, 임제의 '백호'라는 호도 여기서 유래한 것이며, 「백호 가는 길에」는 바로 이곳을 가는 도중에 지은 시이다.

배 안에서 작별하며

한잔 또 한잔 산마을 막걸리
천리 만리 넓은 바다 떠나는 배.

대장부 이별이란 본시 눈물 없는 건데
어버이 뵙고 게다가 좋은 유람함에랴!

가벼운 채찍으로 호총마(胡驄馬) 올라타니
백금의 칼과 천금의 갖옷이라.

술병을 차고 멀리 포구까지 나오니
겨울기운 으스스 물가에 서렸는데.

평소의 간담은 말(斗)만큼 크니
나그넷길 밤이 들면 모두성(旄頭星) 바라보리.

從姪垣挈玉壺追到, 敍別於舟中, 留贈一篇[1]

一杯二杯山村酒, 千里萬里滄海舟.
丈夫離別本無淚, 況復寧親兼壯遊.

輕鞭暫試胡驄馬, 百金劍與千金裘.

江頭玉壺遠相送, 朔氣凜凜浮寒洲.

生平肝膽一斗許, 客路夜夜看旄頭. ●時彗星出故云[2]

---

1 원제 "종질 원(垣)이 술병을 들고 따라와 배 안에서 작별하며 시를 지어주다."
  '원'은 백호의 종백형(從伯兄)의 아들인데 당시 무안(務安) 땅에 살고 있었고,
  작별한 곳은 영산강 하구의 삼일포(三日浦)였다. 당시 백호는 제주목사로 계시
  던 아버님을 뵈러 가는 길이었다.
2 『남명소승』에는 "당시 혜성이 출현했기 때문에 이렇게 말하였다"고 주석을 달
  아놓았다. 마지막 행의 모두성은 본래 이십팔수(二十八宿)의 하나로 묘성(昴
  星)이라고도 하는데, 여기서는 혜성을 가리키는 것으로 보인다.

주룡나루

주룡(住龍)나루 머리에는 저문 구름 일어나고
가학령(駕鶴嶺) 꼭대기 낙조가 붉어라.

호청총(胡靑驄) 황금륵(黃金勒)에 백우전(白羽箭)을 비껴차고[3]
나그네 손을 들어 금릉성(金陵城) 가리키네.

與舍弟子中並轡, 暝到栗里子忱家, 因向金陵, 將渡耽羅[4]

住龍渡上暮雲起, 駕鶴嶺頭殘照明.
胡驄金勒白羽箭, 旅人遙指金陵城. •住龍渡, 駕鶴嶺, 皆在靈巖郡境, 金陵城乃
康津號也.[5]

3 '호청총'은 털빛이 청백색인 준마, '황금륵'은 금으로 장식한 말굴레, '백우전'
  은 흰 깃털을 붙인 화살. 모두 화려한 군장을 갖추었음을 보여준다.
4 원제 "아우 자중(子中)과 나란히 말을 타고 저물녘에 율리(栗里)의 자침(子忱) 집
  에 당도하였다. 이내 금릉(金陵)으로 향하니, 장차 탐라(耽羅)로 건너가기 위해
  서다." '자중'은 넷째아우 환(懽)의 자. '자침'은 백호의 셋째아우인 순(恂)의 자.
5 원주 "주룡도와 가학령은 모두 영암군 경내에 있으며, 금릉은 곧 강진(康津)의
  옛날 이름이다."

보광사[6]의 두 스님에게

1

갈림길 유유하여 이별의 한 많은데
바다 구름 강 위의 달에 얼마나 그렸던가.

서쪽 못의 연잎은 물 위로 돋았겠지
조만간 스님 좇아서 법을 한번 물으리라.

2

바다를 실컷 보고 돌아와 문 닫고 있노라니
시승(詩僧)의 석장(錫杖)소리[7] 구름 위에서 내려왔네.

적적한 강마을 매화마저 졌으니
애닲다, 한가롭고 분주함이 이 길에서 나뉘다니.

二僧結東社於錦城山普光寺, 引水種蓮, 頗有幽趣, 余之所
嘗偃仰處也, 玆行未得歷訪, 故留詩以別[8]

1

岐路悠悠足離別, 海雲江月幾想思.

西池荷葉已出水, 早晚從師一問之.

2

觀海歸來獨掩門, 詩僧鳴錫下層雲.

江村寂寂梅花落, 惆悵閑忙此路分.

---

6 『신증동국여지승람』 권35 「나주목(羅州牧) 불우조(佛宇條)」에 "보광사(普光寺)
는 금성산(錦城山)에 있는데 사기(寺記)에는 신라 선덕왕 때 중 안신(安信)이 금
성산 유마굴(維摩窟)에 거주하며 22년을 정진한 뒤 사신(舍身)을 했는데, 천 길
산허리 아래서 홀연 오색 구름이 일어나 감돌다 서쪽으로 사라졌다"고 하였다.
7 승려가 짚는 지팡이. 고승이 머무는 곳을 가리켜 '주석(駐錫)'이라 한다.
8 원제 "두 스님이 금성산 보광사에 동사(東社)를 지어놓고 물을 끌어 연꽃을 심
었는데 자못 그윽한 정취가 있었다. 내가 가서 놀며 쉬던 곳인데, 이번 걸음에
는 들르지 못하기에 시를 남겨 작별하다."

금리에 아우들을 두고 떠나며

한이불 같이 덮고 다사롭던 나날들
맑은 술 가득 따라 자주 비웠네.

한 등불 가물가물 강관(江館)의 새벽
외론 꿈 아슬아슬 해산(海山)의 봄철.

시속을 따르자니 늘 밖으로 돌아
경영한 바 없으니 가난도 꺼리지 않네.

무엇으로 자식된 도리를 하나
관산(關山)길로 혼자 떠나는 이 사람.

在錦里留別諸弟

姜被融怡久, 淸尊引滿頻.
一燈江館曉, 孤夢海山春.
應俗長爲客, 無營不厭貧.
將何供子職, 關路獨歸人.

송추⁹를 지나며 소회를 읊다

우리들 자라날 제 어머님의 보살펴심에
다섯 아들 두 딸이 춥고 배고픔을 면했지요.

지금 잔디 위에 눈 많이 쌓였으니
따스한 방에서 갖옷 입고 있으면 더욱 슬퍼집니다.

過松楸寫懷

鞠育當時恃母慈, 五男二女免寒飢.
如今雪壓重茅上, 暖屋重裘轉自悲.

9 송추(松楸)는 선산(先山)을 가리킨다.

아우 환의 시에 차운하여

절기 마침 한식이라 북두(北斗) 자루 돌아오고
낯선 땅에 봄이 드니 저절로 서글프구나.

왕휘지는 산을 보며 홀(笏)을 노상 꽂아두고[10]
사마상여 폐를 상해 술을 오래 끊었단다.[11]

일년 만에 남쪽 편지 처음 받았거니
서도(西道)라 2월인데 매화 아직 피지 않네.

아우 언니 천리 사이 서로 그리는 곳
석림사(石林寺) 풍경소리 죽방(竹房)이 열려 있겠지.

次舍弟懽韻

禁煙時節斗杓迴, 異地逢春轉自哀.
王椽對山常柱笏, 馬卿傷肺久停杯.
一年南信初憑鴈, 二月西州不見梅.
千里弟兄相憶處, 石林微磬竹房開.

10 진(晉)의 왕휘지(王徽之)가 환충(桓沖)의 참군(參軍)이 되었는데 환충이 그에
게 "자네가 여기서 근무한 지가 오래인데 요새 무엇을 담당하고 있는가?" 하자
왕휘지는 아무런 말을 하지 않다가 수판(手版)을 들어 뺨에 대며 "서산(西山)에
아침이 되면 상쾌한 기운이 전해온다"고 답했다고 한다(『世說新語·簡傲』). 여
기서 '수판'은 곧 '홀'인데 옛날 관인이 소지하던 것. 이 구절은 백호 자신이 벼
슬살이를 하면서도 거기에 집착하지 않는 태도를 암시한다.
11 중국 한대(漢代)의 유명한 문인 사마상여에 자신을 빗대어 건강이 좋지 못한
것을 말한 것이다.

고향의 천진 스님에게

고향에서 찾아온 그대
늦봄에 금리(錦里)에서 떠나왔구려.

"선산의 소나무 여전히 푸르고
일가들 어떻게 지내시는지?"

"매화꽃은 진작 다 졌거니와
죽순은 때가 아직 이르구요.

농사일 이제 곧 바빠지는데
어른들은 모두 다 안녕하시죠."

그대의 원유(遠遊)하는 뜻 반갑고
또 고향의 소식 들어 기쁘군.

시 한 수 지어서 그대에게 주노니
조계문(曹溪門)의 향산사(香山社)[12] 아니런가.

贈故山僧天眞

爾自故山來, 殘春發錦里.

丘壟舊松楸, 骨肉今生死.

梅花落已盡, 新竹時未長.

田疇將有事, 父老亦無恙.

樂爾遠遊志, 又喜說故園.

題詩留贈爾, 香社曹溪門.

12 당나라 시인 백거이(白居易)가 은퇴한 후 향산(香山)의 중 여만(如滿)과 향화
사(香火社)를 맺은 일이 있다. 뒤에는 뜻을 함께 하는 결사를 가리키는 말로도
쓰인다. 조계(曹溪)는 선종(禪宗)의 별칭인데, 복암사(伏巖寺)가 백호 집안의
선산 경내에 있고 그 선승과 교유하고 있기 때문에 이렇게 표현한 듯하다. 복암
사 중들과 회진의 임씨 문중은 근세에 이르도록 관계가 있었다고 한다.

우瑀 노장에게

풀 우거진 오솔길 오는 이 없어
해 뜨도록 사립문 열지 않았네.

꿈결에도 산속의 달 그렸더니만
고향에서 스님이 찾아오시네.

장삼은 낡았어도 낯익은 얼굴
촌다(村茶)나 겨우 한잔 대접한다오.

돌아가는 지팡이에 저녁 햇살 감기니
이별의 한 더욱더 아득하구려!

贈瑀老丈

蓬逕無人到, 柴扉晚不開.
夢尋蘿月久, 僧自故山來.
古貌猶殘衲, 村茶只一杯.
歸筇帶落日, 離恨更悠哉.

백호 가는 길에

비둘기 우는 마을 보슬비 뿌린 뒤에
꽃 지는 시절이라 청명(淸明)이 가깝구나.

길 가는 나그네는 농사짓기 위해서요
산수(山水)에 놀러 가는 건 아니라오.

向白湖途中

村巷鳩鳴小雨晴, 落花時節近淸明.
旅人只爲農桑計, 不是溪山探勝行.

배를 타고 앙암¹³ 주위를 노닐며

봄물은 푸르러 끝이 없는데
봄바람 불어 산꽃이 만발했구나.

난주(蘭舟)에 향긋한 술 실었으니
장사의 얼굴 활짝 펴지네.

방주(芳洲)에는 연 캐는 노래 들리고
옛 나루엔 저녁 햇살이 이울어가네.

밀물을 따라서 노 저어 가
취한 채 춤을 추니 천지가 넓어.

원앙새 놀래어 푸드덕
쌍쌍이 다른 여울 찾아 날아간다.

천 길 우뚝 솟은 푸른 저 벼랑
만년토록 거친 물결 되돌렸으리.

푸른 물에 저녁 바람 급해지니
지는 햇살 타고 돌아가네.

좋은 때라 밤조차 사랑스러워
촛불 켜고 주란(朱欄)에 기대앉았네.

仰巖舟中, 醉贈金光運彦久[14]

春水碧無際, 春風花滿山.

蘭舟載美酒, 壯士開歡顔.

芳洲采菱曲, 古渡斜陽殘.

隨潮盪槳去, 醉舞天地寬.

驚起鳬鴛鳥, 雙雙過別灘.

蒼壁一千丈, 萬古廻狂瀾.

滄波夕風急, 且可乘暝還.

良辰可憐夜, 秉燭憑朱欄.

---

13 앙암(仰巖)은 백호의 고향 마을 회진의 건너편 영산강가에 선 바위.『신증동
   국여지승람』「나주목 산천조」에 '앙암'은 "금강의 남쪽에 있으며 노자암(鸕鷀
   巖)이라고도 한다. 그 아래 수심이 얼마나 되는지 알 수 없다"고 나와 있다. 속
   칭 '앙암바위'라 부르는데 그 위로 창랑정(滄浪亭)이 있었다.
14 원제 "앙암(仰巖) 주중(舟中)에서 취하여 김광운(金光運) 언구(彦久)에게 지어
   주다."

배 젓는 노래

밀물 일자 임은 말을 타고서
풍호(楓湖) 길로 향해 가시더니.

밀물 돌아오자 임은 노 저어
저 연파(烟波)만 사랑하시는지.

돌아가는 밀물 내 집 앞 지나도
임의 배 어디서 마냥 노니시는지.

유신(有信)한 저 밀물만도 못하구나
뉘라서 알리 임의 마음을.

밀물은 와도 임은 오지 않으시니
이 몸 어찌해야 한단 말인가.

三浦, 倩作蕩槳曲[15]

潮生郎騎馬, 早向楓湖道.
潮廻郎棹舟, 只愛煙波好.
潮廻過妾家, 郎舟尙容與.

不如潮有信, 郞心誰得知.

潮來郞不來, 賤妾當何爲.

15 원제 "삼포(三浦)에서 배 젓는 노래를 대신 짓다." 삼포는 영산강 하류에 삼향
포(三鄕浦)로 일컬어진 곳이다. 현재 무안군에 삼향면이라는 지명이 있다. 풍호
는 회진 앞으로 흐르는 영산강의 별칭이다.

금성곡

금성의 아녀자들
학다리 가에서
버들가지 손수 꺾어
임에게 드리네.

해마다 돋는 봄풀은
이별의 아픔인가
월정봉 높은데
금수만 아득히 흐르네.

錦城曲 •羅州[16]

錦城兒女鶴橋畔, 柳枝折贈金羈郎.
年年春草傷離別, 月井峯高錦水長.

---

16 원주 "나주." 시에 나오는 지명은 모두 나주에 있다. 『신증동국여지승람』 권
35 「나주목 산천조」에 따르면 학다리(鶴橋)는 나주성 안에 있던 다리이며, 월
정봉(月井峯)은 나주성 서쪽의 산봉우리이다. 금수(錦水)는 나주를 흐르는 영
산강을 가리킨다.

오산곡

금오산 아래로는
황룡천이 흐르는데
일천 호 안개 속에
푸른 버들 늘어졌네.

한길가 꽃을 꺾어
가는 임께 보내노니
새 홀로 나는 옆에
갈재가 높다랗네.

鰲山曲•長城[17]

金鰲山下黃龍川, 綠柳依依千戶煙.
折花官道送君去, 荻嶺重關孤鳥邊.

17 원주 "장성." 『신증동국여지승람』 권36 「장성현 산천조」에 "금오산(金鰲山)은
장성읍내 북쪽에 있고 고을의 진산이다"라고 했다. 또한 같은 책에 황룡천(黃
龍川)은 곧 영산강의 한 지류로 "일명 봉덕연(鳳德淵)이며 단엄역(丹嚴驛) 동쪽
에 있고 백암산(白巖山)에서 나와 진원현(珍原縣) 지경으로 들어간다"고 나와
있다. 갈재(荻嶺)는 오늘날 전라남북도의 경계를 이루는 고개인데, 지금은 '노
령(蘆嶺)'으로 표기한다.

초산곡

초산이라 어느 곳에
양대(陽臺)가 있다더냐.
무협(巫峽)의 찬 물결은
밤낮으로 원한인가.

새벽달 대숲 속에
구름 잠기고
지는 해 연지원(臙脂院)은
비에 젖누나.

楚山曲 • 井邑[18]

楚山何處朝陽臺, 巫峽寒波日夜怨.

曉月雲沈篁竹叢, 斜陽雨濕臙脂院.

18 원주 "정읍." 정읍의 옛 이름이 '초산'이므로 이 지명에 관련하여 초왕(楚王)
이 무협(巫峽)의 양대(陽臺)에서 선녀를 만난 고사를 인용해 쓴 것이다. 『신증
동국여지승람』 권34 「정읍현 역원조(驛院條)」에 "영지원(迎支院)은 현 서쪽 5
리에 있다"고 나와 있다. 여기에 나오는 '영지원'이 바로 '연지원(臙脂院)'과 같
은 곳으로 추정된다.

월출산 노래

서호(西湖)라 밝은 달에 학 구경 가고
구정봉(九井峰)¹⁹ 구름에 용을 탔노라.

밤 이슥해 철적(鐵笛)²⁰을 한 가락 불고
이른 아침 옥황님께 조회를 마친다오.

月出山詞

玩鶴西湖月, 騎龍九井雲.
夜深橫鐵笛, 朝罷玉宸君.

19 영암 월출산 최고봉. 『동국여지승람』 권35 「영암군 산천조」에 정상은 사람이
  스무 명쯤 앉을 만한데 그 평평한 곳에 움푹 파여 물이 괸 자리가 아홉 개 있어
  구정봉이라 부르며 가물어도 물이 마르지 않아 아홉 용이 산다는 말이 전한다.
20 쇠로 만든 젓대〔大笒〕를 말한다.

도갑사²¹ 동구

1

팔선봉(八仙峯) 아래로 푸른 벼랑 우뚝 솟고
푸른 물 흰 모래 한눈에 아슬하네.

호해(湖海)의 맑은 술에 이별의 한 많은데
저물녘 뿔피리소리 덕진다리²² 건너오네.

2

남도라 수죽향(水竹鄕)에 봄철이 다가오니
푸른 안개 벌을 덮고 버들가지 노릇노릇.

끊긴 다리 어느 곳에 매화가 피었는가.
금술잔 손에 잡고 한바탕 취하려네.

道岬洞門

1

八仙峯下翠巖高, 綠水明沙一望遙.
湖海淸尊足離恨, 暮城風角德津橋.

2

春到江南水竹鄉, 綠煙橫野柳舒黃.

斷橋何處梅花發, 欲把金樽醉一場.

21 월출산에 있는 절로 도갑사 입구에는 구림(鳩林)이라는 오래된 마을이 있는
데 도선(道詵)이 출생한 곳이다. 지금의 전라남도 영암군 구림면.
22 『신증동국여지승람』 권35 「영암군 교량(橋梁)조」에 "덕진다리〔德津橋〕는 덕진
포(德津浦)에 있다"고 나와 있다. 지금 영암읍에서 나주로 가는 길에 놓여 있다.

월남사[23] 옛터에 들러

이곳이 바로 옛날 월남사련만
지금은 적막한 채 안개만 자욱.

빛나는 전각이 얼비치던 이 산에
저 물만 세월 따라 흘러왔으리.

옛 탑은 마을 담장 옆에 서 있고
토막난 빗돌은 다리가 되었구나.

없을 무(無)자 본시 보결(寶訣)[24]일진대
흥망을 굳이 물어 무엇하리.

過月南寺遺址

此昔月南寺, 煙霞今寂寥.
山曾暎金碧, 水自送昏朝.
古塔依村塢, 殘碑作野橋.
一無元寶訣, 興廢問何勞.

23 월출산 남쪽에 있던 절. 폐사가 된 뒤에 절터에는 마을이 들어서서 이름을 월
   남리(月南里)라 한다. 지금 강진군에 속한 곳이며, 현재도 월남리에 탑과 비신
   (碑身)의 일부가 남아 있다.
24 본래는 도교에서 수련하는 비결을 일컫는데, 여기서는 훌륭한 비결이라는 뜻
   으로 쓰였다.

삶과 죽음의 갈림길

조선시대에 한시는 시인들만 짓는 특별한 문학양식이 아니라, 지식인들이 인간관계를 유지하는 중요한 매체였다. 사람들과 교유하면서 즐거운 일이나 슬픈 일이 있으면 시를 지어 축하하거나 위로하였으며, 먼 길을 떠날 일이 있으면 보내는 사람과 떠나는 사람이 서로 시를 주고받으며 섭섭함을 달래곤 하였다. 또 교유하던 사람이 세상을 떠나면 그를 애도하는 만시(挽詩)를 지어 상가에 남기는 것이 관례였다. 10부 '삶과 죽음의 갈림길'에 뽑힌 시들은 모두 이런 과정에서 지어진 작품들이다. 관례적으로 주고받다 보니 상투적인 작품들도 많지만, 그중에는 삶의 희로애락을 진솔하게 보여주는 감동적인 작품들도 적지 않다.

「고천건에게」와 「회계로 부침」은 각각 벗인 고인후, 정지승에게 지어준 시이며, 「장필무 장군을 추억하며」는 백호가 평소 존경하던 장군댁에 들러 그 아들들을 만나보고 감회가 일어 지은 시이다. 「서울 가는 청계를 송별하며」 「서울로 가는 순무사 허봉에게」 「안 거사가 요성으로 떠나며 이별시를 청하기에」는 각각 양대박, 허봉, 그리고 신원 미상인 안 거사라는 인물에게 써준 송별시이다. 「김시극의 부채에 청계의 시를 차운하여 쓰다」는 벗을 하룻밤 더 잡아두지 못하고 보내야 하는 아쉬움이 가득하다.

「지천의 시에 차운하여」와 「이달의 시에 차운하여」는 당시에 시인으로 유명했던 황정욱(黃廷彧)과 이달의 시에 차운한 작품이고, 「고석정에서」는 벗의 정자에 들러서 그 형님이 지은 시에 차운한 작품이다.

「대곡 선생 만사」는 백호가 스승으로 모시고 평생 존경했던 성운을 애도한 시로, 이어서 백호가 쓴 제문도 덧붙였다. 「관원 선생을 애도함」은 백호가 지우(知遇)를 받은 박계현(朴啓賢)을 애도하며 지은 만시 6수 중에 마지막 수를 뽑은 것이다. 「백옥봉 만사」는 당대의 유명한 시인인 백광훈을 애도한 시이다. 「중부 풍암 선생 만사」는 문과에 급제해서 촉망받는 관인이었으나 사화(士禍)를 겪은 뒤 강호에 은퇴해 있다 세상을 떠난 중부 임복(林復)을 추모하는 시이다. 「망녀전사(亡女奠詞)」는 사랑하는 딸을 먼저 보낸 뒤 그 영전에 바친 시이고, 「스스로를 애도함」은 말년에 자신의 삶을 되돌아보고 세상과 곧 작별할 것을 예감하고 지은 시이다.

고선건에게

태산북두[1] 같은 태헌(苔軒) 어른과
작별하고 시름하며 한 봄 지났더니

오늘 해양관(海陽館)[2] 가을바람에
백미(白眉)를 만나보네.

贈高善建 • 因厚[3]

山斗苔軒老, 離愁度一春.
秋風海陽館, 相見白眉人.

---

1 출중하고 존경받는 인물을 일컫는 말.
2 '해양(海陽)'이라는 지명은 여러 곳에 보이는데, 전라도 광주(光州)가 아닌가
  한다. 광주의 옛이름 중 하나가 '해양'이다.
3 원주 "인후." 고선건은 제봉(霽峯) 고경명(高敬命, 1533~92)의 아들 고인후(高
  因厚, 1561~92)로 선건은 그의 자, 호는 학사(鶴沙)이다. 임진왜란 때 금산 싸움
  에서 아버지 고경명과 순절하였다. 첫구에 나오는 '태헌(苔軒)'은 고경명의 별
  호이다.

회계로 부침

그립고 또 그리워라
세상의 지기(知己)와 작별하니.

봄꽃은 벌써 다 떨어졌는데
방초는 언제 곧 시들는지.

그대 지금 산속 사람 되었으니
바위 틈의 지초(芝草)도 캐려니와,

푸른 시내 굽이굽이 노닐다가는
계수나무 한 가지 부여잡으리.

이 내 몸은 무슨 연고로
풍진 속에서 품은 뜻을 어기고 사나?

청하(靑霞)를 홀로 꿈꾸건만
백발이 되도록 단결(丹訣)은 까마득하네.[4]

편지 한 장 소선(小仙) 편에 부쳐서
다래넝쿨 달빛 아래로 보내드리오.

寄會溪•付翰行[5]

相思復相思, 世間知已別.

春花落已盡, 芳草何時歇.

念爾山中人, 采采巖上芝.

流憩碧磵曲, 攀援桂樹枝.

而我亦何故, 風塵違素期.

靑霞獨幽夢, 皓首迷丹訣.

緘書付小仙, 遠寄綠蘿月.

---

4 '청하'는 깊은 산중의 풍치를 이르며, '단결'은 도가 용어로 연단(鍊丹)하는 비
  결을 말한다.
5 원주 "기(翰)의 편에 부치다." 기(翰)는 정지승의 맏아들인 정회(鄭晦, 1568~
  1623)의 초명(初名)이다. 그래서 마지막 두 구에서 '소선(小仙)'이라 일컬은 것
  이다. 정회의 자는 원량(元亮), 호는 무송당(撫松堂)·만송(晚松)이며, 벼슬이 평
  택현감(平澤縣監)에 이르렀다. 문집으로『무송당유고(撫松堂遺稿)』가 전한다.
  회계(會溪)는 정지승이 은거한 곳으로,『동야패설(東野稗說)』에 "시인 정지승
  은 일생 산수를 사랑하여 가족을 데리고 용담(龍潭, 지금의 전라북도 진안)의
  회계곡(會溪谷)에 은거하고 자호를 회계산인이라 하였으며, 시냇가 경치 좋은
  곳에 정사를 짓고 살았는데, 그 이름은 총계당(叢桂堂)이라 했다"는 기록이 보
  인다. '회계(會稽)'와 '회계(會溪)'는 통해서 쓴 것으로 보인다.

서울 가는 청계를 송별하며⁶

이 봄날에 그대를 떠나보내니
그윽한 회포를 뉘와 함께 풀어볼까.

좋은 시절 그대는 흥취가 일어
이 몸을 대장부 아니라고 비웃었지.

쪽배에는 다기(茶器)가 갖추어졌고
청계와 백호는 서로 가까운 곳,

복사꽃 피고 봄물이 넘실거릴 때
달빛 타고 날 찾아와 주겠는가.

別靑溪之京 • 梁大樸⁷

春日送君去, 幽懷誰與娛.
淸時還有味, 此物笑非夫.
野艇兼茶竈, 靑溪近白湖.
桃花煙水闊, 乘月訪吾無.

6 청계(靑溪)는 양대박의 호. 양대박은 당대에 시인으로 이름이 높았고, 임진왜
  란 때에는 의병을 일으켜 공을 세웠다. 청계는 양대박의 고향인 남원에 있으며,
  백호 역시 본래 자기 외가인 곡성(谷城) 쪽의 지명인데, 두 곳은 고을은 달라도
  서로 가까이 있다.
7 원주 "양대박."

장필무 장군을 추억하며[8]

장군은 태평시절에 태어나셨으니
절도사(節度使)의 공명이야 말할 게 무어 있소.

필마(匹馬)로 나아가 오랑캐를 무찔렀기에
그 시절 변방에는 문도 닫지 않았다네.

영용한 그 초상 능연각(凌煙閣)[9]에 못 그리고
사당만 들마을에 속절없이 남았구나.

아들들 그대로 가업을 보존하니
탁주와 거친 밥도 형님 아우 함께하오.

過張通判義賢家, 仍憶先將軍[10]

將軍生遇大平世, 節度功名豈足言.
匹馬獨衝驕虜陣, 當時不閉塞垣門.
雄姿未畫凌煙閣, 遺廟空留野水村.
胤子猶存舊家業, 濁醪麤飯弟兼昆.

8 『겸재유고』권2에 "무주에 도착하여 한풍루에 올라갔는데, 문지기가 막아서 고
을 원님을 만나보지 못하고 박충현의 집승정(集勝亭)에서 묵었다. 장의현 판관
은 장장군의 아들로 집승정 주인과 친척이며 우리 아버님이 회령에 주둔하셨
을 때 그 휘하의 통판으로 있었던 사람이다. 밤중에도 찾아왔다가 이튿날 아침
에 또 나를 초대했다. 장군의 사당이 있는 집으로, 장군의 부인은 아직 살아 계
셨다"라는 긴 제목으로 실려 있어 창작상황을 자세히 알 수 있다. 장필무(張弼
武, 1510~74)의 자는 무부(武夫)로 본관은 구례(求禮)이다. 선조(宣祖)가『삼국
지연의』에 나오는 장비(張飛)에 견줄 정도로 당대에 손꼽히는 무인이었으며,
『국조인물고(國朝人物考)』『해동명신록(海東名臣錄)』등에 전(傳)이 실려 있다.
그 아들 장의현(張義賢, 1533~1615) 역시 훗날 니탕개(尼蕩介)의 난(1583)을 평
정하는 데 참여하고, 임진왜란에도 참전하여 혁혁한 전공을 세우게 된다.
9 당 태종이 개국공신 24명의 초상을 걸어둔 누각. 공신을 기리기 위해 세운 건물
을 뜻한다.
10 원제 "장통판 의현의 집을 지나며 선장군(先將軍)을 추억하여."

지천[11]의 시에 차운하여

저녁 햇살 반짝반짝 얕은 냇물에 흩뿌리는데
이별의 시름 그지없어 난간에 기댔노라.

잔 멈추고 강변 길을 서글피 바라보니
푸른 나무 아슬히 산해관(山海關)에 닿았구려.

次芝川韻

殘日暉暉碎淺灣, 離愁無限倚危欄.
停杯悵望秋江路, 綠樹遙連山海關.

---

11 지천(芝川)은 시인으로 유명한 황정욱(黃廷彧, 1532~1607)의 호.

이달의 시에 차운하여[12]

저녁 해 뉘엿뉘엿 먼 물가로 져가는데
떠날 사람 손 붙들고 누각에 올랐어라.

난간에 너무 오래 기대어 있지 마오
황혼 되면 불현듯 시름이 생기리니.

次李達韻

夕照微茫下遠洲, 離人携手上江樓.
危欄莫作移時凭, 纔到黃昏別有愁.

---

12 이 시는 백호가 1578년 3월 제주도를 떠나서 상경하는 길에 남원에 들렀을
때, 남원부사 손여성(孫汝誠)의 주도로 백광훈(白光勳, 1537~82), 이달(李達,
1539~1612?), 양대박 등과 광한루(廣漢樓)에서 열린 시회에 함께하면서 지은
작품이다. 이때 지은 시문을 『용성창수집(龍城唱酬集)』으로 묶었고, 훗날까지
도 널리 알려진 모임이 되었다. 백호가 차운한 이달의 원운(原韻)은 다음과 같
다. "높다란 성 해가 지니 모래톱이 어둑하고, 물 가까운 누각에는 버들 바람 많
구나. 슬프다, 내일 아침 역전 길을 갈 때, 이별 시름 무성한 고운 풀을 어찌하리
(層城日落暗蘋洲, 楊柳風多近水樓. 怊悵明朝驛南路, 不堪芳草滿離愁)."

서울로 가는 순무사 허봉에게[13]

오늘의 어사란 옛날의 수의(繡衣)[14] 벼슬
유선(儒仙)께서 잠깐 봉황성[15]을 떠나오니

동호의 꽃과 새들 시달림 줄어들고[16]
북쪽 땅 백성들 중망(衆望) 오래 쏠렸지요.

백옥(白屋) 청묘(靑苗) 읊은 것은 열 글자의 역사요[17]
농운(隴雲) 관설(關雪)은 한해의 노정인데[18]

생양절(生陽節)[19] 따라 다시 조정으로 돌아가시니
벽해(碧海)의 기약[20]을 못 이룰까 두렵네요.

贈別許巡撫䞐還朝

御史古之繡衣吏, 儒仙暫別鳳凰城.
東湖花鳥愁全減, 北地夷民望久傾.
白屋靑苗十字史, 隴雲關雪一年程.
還朝更趁生陽節, 碧海心期恐未成.

13 순무(巡撫)는 지방에 변란이나 재해가 있을 때 왕명으로 지방을 돌아다니며 사건을 수습하는 임시관직으로 순무사 또는 순무어사(巡撫御史)라고 일컬어진다. 허봉(許篈)은 함경도 지방의 순무어사로 나갔던 듯하다. 허균의 『학산초담(鶴山樵談)』에 따르면 허봉이 백호에게 보여준 시 중에 경흥(慶興)의 압호정(狎胡亭)에서 지은 시가 있는데, 백호가 이 시를 극찬하여 차운시를 짓고자 했으나 짓지 못하고 대신 이 작품을 보내주었다고 한다.

14 한나라 무제(武帝) 때 임금의 명을 받들고 나가는 고관에게 '수의'를 입도록 한 일에서 수의어사(繡衣御史)란 말이 생겼다.

15 봉황성(鳳凰城)은 서울을 가리키며 유선(儒仙)은 이 시를 받는 허봉을 아화(雅化)한 표현이다.

16 동호(東湖)는 지금 동호대교 쪽 한강의 별칭이며, 그곳에 독서당(讀書堂)이 있어 일명 호당(湖堂)으로 부르기도 했다. 이 구절은 허봉이 1573년 사가독서(賜暇讀書)로 동호에 있으면서 주위 꽃과 새들의 아름다움을 제재로 수많은 글을 지었는데, 그곳을 한동안 떠나게 되어 그곳 자연물이 글감으로 시달리지 않게 되었다고 재치있게 표현한 것이다.

17 허봉이 압호정에서 지은 시에 "초가집에서 해를 넘겨 앓고 있는데, 푸른 모에 한밤중 서리 내렸네(白屋經年病, 青苗半夜霜)"라는 두 구가 허봉이 실제로 보고 겪은 일을 핍진하게 묘사했다는 뜻이다(허균 『학산초담』).

18 '농운'은 북방의 구름, '관설'은 변방에 쌓인 눈이란 의미로, 북쪽 변경을 일년이나 돌아다녔다는 뜻인 듯하다.

19 생양절은 동지(冬至)를 가리키는데 이날부터 양(陽)의 기운이 생겨난다고 해서 '생양'이라고 하였다. 조정이 좋아지는 방향으로 돌아섰다는 함의도 있는 것으로 보인다.

20 '벽해'는 중국 신선설화에 나오는 바다 이름으로, '벽해의 기약'은 신선의 세계로 가고자 하는 마음을 뜻한다.

고석정에서

옥부용(玉芙蓉) 한 송이 푸른 솔을 이었으니
아스라한 높은 정자 물빛이 하늘빛 같네

흰 구름 천고에 깊은 골짝 감추었고
밝은 달밤 멀리서 울려오는 쇠북소리.

하늘은 활병(活屛)[21]에다 본디 힘을 쏟았거늘
내 어찌 사어(死語)로 공교로움을 다투리오.

늦은 봄 오솔길로 발걸음 옮기니
숲속 나무마다 붉은 노을 짙게 비추네.

辛君亭孤石亭, 次鳳麓先生韻[22]

玉作芙蓉戴碧松, 高亭迢遞水如空.
白雲千古秘幽壑, 明月一聲來遠鍾.
天向活屛元著力, 吾將死語敢爭工.
春深欲覓漁樵路, 萬樹紅霞重復重.

21 활병은 생동하는 자연 그대로의 화폭이라는 의미. 빼어난 자연풍광을 하나의
   병풍으로 비유한 것이다.
22 원제 "신군형(辛君亨)의 고석정(孤石亭)에서 봉록 선생(鳳麓先生)의 시에 차
   운하다." 신군형은 신응회(申應會)를, 봉록 선생은 그의 형인 신응시(申應時,
   1532~85)를 가리키는 것으로 추정된다. 이들의 본관은 영월(寧越)인데, 신응시
   는 벼슬이 대사간(大司諫), 홍문관 부제학(弘文館副提學)에 이르렀다. 1부의 시
   「신군형에게 부침」 참조.

안 거사가 요성으로 떠나며 이별시를 청하기에[23]

시냇가 풀 우거지고
시냇물 흐르는데
나그네 되어
나그네 보내는 시름일레.

요양(遼陽)이라 만릿길
못 잊어 그리는 곳
석양이면 팔각정 올라
지는 해를 바라보겠지.

安居士將遊遼城, 索別語

溪草萋萋溪水流, 客中還作送人愁.
遼陽萬里相思處, 落日登臨八角樓.

23 요성(遼城)은 본문의 '요양'과 같은 곳. 지금 중국의 랴오닝성(遼寧省) 랴오
양이다. 안 거사라는 사람이 이곳으로 사신 행차를 따라가기에 시를 지어준 듯
하다.

김시극의 부채에 청계의 시를 차운하여 쓰다

천동(泉洞)에서 처음 만난 탈속한 그 모습

그때의 약속 지켜 백호로 찾아왔네.

어찌하여 저물녘 비 맞으며 담양으로 떠나가

서창에 불 밝히자던 약속을 저버리는가.[24]

金時極箠, 次靑溪韻 ●時極名應會, 以奇士名於世, 竟死於孝.[25]

泉洞初逢絶俗姿, 白湖來訪是前期.

如何暮去潭州雨, 孤負西窓剪燭時.

24 촛불을 밝히고 밤새우며 이야기한다는 의미로 당(唐) 이상은(李商隱)의 「밤
비에 북쪽으로 부치다(夜雨寄北)」 "君問歸期未有期, 巴山夜雨漲秋池. 何當共剪西
窓燭, 却話巴山夜雨時"에서 유래하였다.

25 원주 "시극(時極)은 이름이 응회(應會)이며, 기특한 선비로 세상에 이름이 있
었는데 마침내 효를 실천하다 죽었다." 김응회(1555~97)의 본관은 언양(彦陽)
으로, 담양에 살았으며 의병장 김덕령(金德齡)이 처남이다. 우계(牛溪) 성혼(成
渾)의 문하에서 수학하고 수은(睡隱) 강항(姜沆) 등과 교유하였다. 임진왜란이
일어나자 김덕령의 의병활동을 도왔으며, 1597년 정유재란 때 어머니를 모시
고 왜적을 막다가 순국하였고 이때 그의 어머니도 순절하였다. 시 제목은 청계
(靑溪) 양대박이 김시극의 부채에 시를 써주었는데, 그 시의 운자를 따라 시를
짓는다는 뜻이다.

대곡 선생[26] 만사挽詞

한 언덕 한 골짝에
산은 높고 물은 흘러라.

임은 흰 구름과 함께 사시더니
임은 가고 흰 구름만 남았구나.

흰 구름은 때때로 하늘가로 갔다가
해 저물면 돌아와 바위 밑에 자는데

우리 임은 한번 가고 다시 오지 않으니
휘장에 먼지 일고 산속 달만 환하구나.

大谷先生挽

一丘復一壑, 山高而水流.
人與白雲住, 人去白雲留.
白雲有時天際去, 日暮獨歸巖下宿.
斯人一去不再來, 蕙帳塵生山月白.

[붙임] 대곡 선생 제문(祭大谷先生文)

무릇 색은행괴(索隱行怪)[27]의 처세를 성인은 취하지 않았거니와, 자신이 자기를 팔고 자기를 중매하는 짓을 군자는 더욱 부끄럽게 여겼습니다. 그럼에도 자고로 호걸스런 인사들 또한 가끔 이 두 가지 폐습에 빠져들어 그 잘못을 미처 깨닫지 못하였습니다. 오직 백이(伯夷)의 청렴과 유하혜(柳下惠)의 온화함은 옥처럼 윤이 나고 금처럼 정갈하며, 기러기가 하늘 밖으로 아득히 날고 봉황이 천 길 높이 떠오른 것 같은 그런 인물은 수백년을 두고서 겨우 선생에게서 보았을 따름입니다.

그렇기에 선생의 절개는 소부(巢父), 허유(許由)보다 높음에도 세상이 알아보지 못하였지요. 세상이 선생을 모를 뿐 아니요, 선생 자신이 또한 세상에 알려지기를 구하지 않았습니다. 비단 알려지기를 구하지 않았을 뿐 아니라, 오히려 들리고 알려질까 두려워하였습니다. 그래서 한 언덕 한 골짝 사이에서 왼편에는 거문고, 바른편에는 서책을 놓아두고 나물 먹고 물 마시며, 밤이나 낮이나 홀로 보낸 세월이 거의 오십 년이었습니다.

만약 세상의 명예나 도적질하는 녹록한 무리들과 한자리에 놓고 평한다면 그야말로 매화가 보통 꽃들 사이에서 빼어나고 학이 닭의 무리 속에서 특이한 것과 무엇이 다르오리까. 공자가 말씀하신 "세상에 은둔해 있어도 고민이 없고, 누가 알아주지 않아도 후회하지 않는다"는

데 이르면 오직 선생이 여기에 거의 가까울 것입니다.

다만 생각하면 온통 말세로 흘러 시비가 공정하지 못해 훈유(薰蕕)[28]가 구분되지 않고 주자(朱紫)[29]가 서로 뒤섞인 것이 이미 오래입니다. 후세에 역사가가 고사전(高士傳)을 집필함에 있어 저 종남(終南)의 첩경(捷徑)[30]과 북악(北岳)의 남건(襤巾)[31]을 이 기산영수(箕山潁水)의 맑은 바람과 동일시하지나 않을까 걱정스럽습니다. 말이 이에 이르매 한이 가슴을 메웁니다.

아! 슬픔이 밀려옵니다. 아무리 못생긴 여자라도 돌아보는 사람이 있으면 제 용모를 가다듬는 법입니다. 한데 저같이 거칠고 상없는 사람이 사마수경(司馬水鏡)[32]의 은거처를 더럽히는데 오히려 범상한 무리와 달리 인정해주심을 받았으니 저로서는 높으신 뜻에 감격하여 은혜를 보답할 길이 없었으며 반생을 통하여 한갓 마음속에 고이 간직하고 있었을 따름이옵니다.

얼마 전에 저는 머나먼 변방에서 부음(訃音)을 듣자옵고 간장이 끊어진 듯, 눈물이 쏟아져 그 애도의 정이 가곡(歌曲)으로 표출된바 지금 변새의 신성(新聲)을 이루었습니다.

다만 하찮은 벼슬에 얽매여 관명(官命)을 어길 수 없기로 당초에 천릿길을 달려 조문하지 못했거니와 마침 서울 소식이 잘못 29일을 장삿날로 알려왔으니 비록 달려갔대도 또한 만사(輓詞)를 들고 명정[丹旌]을 따라가는 데 미치지 못했을 겁니다. 처음 마음을 돌이켜 생각하면 유명(幽明)에 부끄러울 뿐이라, 황량한 벌판에 통곡하는 소리 하늘에 사무치옵니다.

　오호, 슬프도다! 북녘 구름의 취한 노래는 하탑(下榻)[33]의 때를 잊기 어려운데 밝은 달 아래 맑은 시는 도리어 영결(永訣)의 글을 이루었습니다. 상하(床下)에서 절을 드릴 일[34]도 다시는 못하겠고 반령(半嶺)의 휘파람[35]도 찾기 어렵사옵니다. 우주는 적막하고 긴 밤은 캄캄하니 이후로 인간세상에는 영영 지음(知音)이 끊어졌나이다.

　상향(尙饗).

26 백호의 스승 성운(成運, 1497~1579)의 자는 건숙(健叔), 본관은 창녕(昌寧)이
다. 형이 을사사화로 화를 입자 평생 벼슬을 하지 않고 속리산에 은거하여 학문
에만 전념하였다. 문집으로『대곡집(大谷集)』이 전한다.

27 일부러 숨은 일을 찾고 행동을 괴이하게 하는 태도를 일컫는 말.『중용』에 '소
은행괴(素隱行怪)'라는 말이 나오며, 여기서 소(素)자는 종래 색(索)의 오기로
보았다.

28 훈(薰)은 향초, 유(蕕)는 나쁜 냄새가 나는 풀.

29 둘 다 붉은색 계통이나 주는 정색이고 자는 간색(間色)으로 취급한 것이다. 주
자가 뒤섞인다 함은 시비가 혼동된 것을 뜻한다.

30 종남은 종남산으로 장안(長安), 즉 지금 시안(西安)의 남쪽에 있는 산이며 일
명 남산이다. 당나라 때 노장용(盧藏用)이 진사로 합격한 뒤 이 산에 숨어 있다
가 고사(高士)로 인정받아 좋은 벼슬을 하게 되었다. 당시 사마승정(司馬承貞)
이 도사로 이름이 있었는데 부름을 받고 돌아가려 하자 노장용이 그에게 종남
산을 가리키며 "저 가운데 좋은 곳이 있다"고 말했다. 이에 사마승정은 "내가
보기에 벼슬하는 첩경이 있을 뿐이다"라고 대답했다 한다. 후세에 고결한 이름
을 얻어서 세속적인 출세를 도모하는 경우를 가리키는 의미로 '종남첩경'이란
말이 쓰였다.

31 산림의 처사를 가장해서 명예를 취하는 태도를 비웃는 뜻으로 주옹(周顒)에
관련해서 나온 말(孔穉圭「北山移文」).

32 동한(東漢) 때 선비로 이름 높은 사마휘(司馬徽). 자는 덕조(德操)이며, 호를
수경 선생이라 했다. 특히 지인지감(知人之鑑)이 있었다.

33 동한의 진번(陳蕃)이 예장태수(豫章太守)로 있을 때 탑(楊, 의자의 일종) 하나
를 특별히 마련해두고, 서치(徐穉)가 찾아오면 이 탑을 내려놓아 앉게 하고 서
치가 떠나면 다시 잘 보관해 두었다 한다. 여기서는 대곡 선생이 자기를 잘 대
우했다는 의미로 쓴 것이다.

34 동한 때 방덕공(龐德公, 방통龐統의 숙부)과 제갈량 사이의 고사로 제갈량은
방덕공을 만나면 상 아래에서 절을 했다 한다.

35 동진(東晉)의 완적(阮籍)이 일찍이 소문산(蘇門山)에서 손등(孫登)을 만나 옛
일과 서신도기(栖神導氣)의 방법을 물었으나 모두 답이 없었다. 완적이 길게 휘
파람을 불고 물러나와 반령에 다다르자, 난봉(鸞鳳)의 울음 같은 소리가 골짝
을 울렸다. 그 소리는 손등이 부는 휘파람이라 하였다(『晉書』阮籍傳).

백옥봉 만사[36]

근세의 재자(才子)를 논하자면
그대가 우뚝하게 빼어났도다.

뉘라서 또 고조(古調)를 좇으리오
남긴 글 다시 찾을 길 없는데.

옥수(玉樹)[37]가 종내 황토로 돌아가니
청산엔 다만 흰 구름뿐.

오직 맑은 술이 남았기로
외로운 무덤 앞에 쓸쓸히 뿌리오.

白玉峯輓詞

近代論才子, 徵君獨出羣.
有誰追古調, 無復覓遺文.
玉樹終黃土, 靑山但白雲.
惟餘祭淸酒, 寂莫瀉孤墳.

36 옥봉(玉峯) 백광훈(白光勳)은 이달, 최경창(崔慶昌, 1539~83) 등과 함께 당대를
   대표하는 시인의 한 사람이며, 이 시는 『옥봉집(玉峯集)』 별집 부록의 만사(輓詞)
   에 수록되어 있다. 백광훈은 해남에 살았으며 그가 작고할 당시 백호는 해남현감
   으로 있었다.
37 본래 고귀한 나무를 뜻하는데, 훌륭한 인재를 가리키는 말로도 쓰인다.

관원 선생을 애도함[38]

돌아가신 관원 선생 통곡하노니
을해년에 처음으로 뵈었지요.

남방에서 막부(幕府)를 열었을 적에
천한 이 몸 채찍을 받들었는데,

스스로 돌아봐도 졸렬한 사람
남달리 인정받아 부끄러울 뿐.

깊은 은혜 어느날 갚으오리까
변경에서 귀밑머리 소슬한 신세.

悼灌園先生

痛哭灌園老, 相逢乙亥年.
征南開幕府, 賤子仗金鞭.
自顧籌謀拙, 慚蒙奬飾偏.
深恩報何日, 關外鬢蕭然.

38 관원 선생은 박계현(朴啓賢, 1524~80)으로, 관원이 전라도 관찰사로서 왜구
의 침입에 대비해 나주에 주둔하던 1575년에 백호와 처음 만나 그 포부와 재능
을 인정해주었으며, 그뒤로 많은 시를 주고받았다. 백호가 관원을 애도한 시는
모두 6수 연작으로 되어 있는데, 지금 뽑힌 작품은 제5수이다. 이 연작시는 첫
수부터 제5수까지는 모두 "돌아가신 관원 선생 통곡하노니"라고 시작한다. 마
지막 수에서는 "해내(海內)에는 성징사(成徵士), 인간세상 박판서. 평생에 지기
(知己)는 이 두 분 꼽았더니, 지금은 모두 허무로 돌아가시다니(海內成徵士, 人
間朴判書. 平生許知己, 今日摠歸虛)"라 읊고 있어 성운과 함께 백호가 가장 존경
하던 분임을 알 수 있다.

중부 풍암 선생 만사

빛나는 재주로 불운을 만나
운명 알고 창주(滄洲)[39]로 물러나시고,

입방아는 무쇠도 녹인다는데
수신(修身)으로 헐뜯음 멈추게 하셨지요.

한바탕 취한 꿈에 봄은 시들고
넋은 긴 강을 따라 흘러가셨는지.

새벽녘 물가 다리에서 목놓아 울었는데
저문 노을 취루(翠樓)에 비치옵니다.

仲父楓巖先生挽 • 公諱復, 早年以槐院正字, 坐戊申士禍, 淪落江湖, 以詩酒自娛,
壽亦不永, 嗚呼痛哉![40]

才華坐不幸, 知命臥滄洲.
口尚銷金衆, 身能止謗脩.
春殘一醉夢, 魂逐大江流.
哭徹河橋曉, 餘霞暎翠樓.

39 물가의 땅으로 은자가 사는 곳을 가리킨다.
40 원주 "공의 휘(諱)는 복(復)인데, 괴원(槐院, 承文院)의 정자(正字)로 무신년 (1548) 사화에 연좌되어 강호로 버려지자 시와 술로 자신을 달랬으며 수명도 역시 길지 못했으니, 아, 원통하도다!" 초판본에는 제목이 '백부(伯父)'로 되어 있다가 뒤에 간행할 때 '중부(仲父)'로 바뀌었다. 백호의 윗대는 익(益), 복(復), 진(晉)의 삼형제인데 익(益)은 일찍이 세상을 떴다. 임복(林復, 1521~76)의 자 는 희인(希仁)이며, 풍암(楓巖)은 그의 호.

망녀전사 亡女奠詞[41]

너의 용모 남달리 빼어나고
너의 덕성 천품으로 곱더니라.

부모 슬하에서 열다섯살
시집을 가서 겨우 여섯해.

어버이 섬긴 일 내 잘 아는 바요
시어머님 잘 모셔 칭찬을 들었다지.

하늘이여! 귀신이여!
내 딸이 무슨 허물 있나요?

한번 병들자 옥이 깨졌으니!
이런 일이 어디 있으리.

아비 역시 병중이라 가보질 못하고
소리치며 아파하다 기가 막힌다.

너 이제 저승으로 가버렸으니
만날 인연 영영 없겠구나.

네 어미는 지금 서울 가서
너희 외조모 앞에 있단다.

너의 죽음 알게 하면
약한 몸 보전하기 어려우리라.

부음을 듣고 나흘 지난 날
금수(錦水)가에 망전(望奠)을 차리노라.

술과 과일 조금 차려놓고
샘물 떠다 사발 가득 부었느니라.

어미는 멀리 있어도 네 아비 여기 있으니
혼이여! 이리로 오렴.

샘물로 너의 신열을 씻어내고
술과 과일로 네 목이나 축이거라.

울음 그치고 또 흐느끼노니

네 죽음 한스럽기 그지없어라.

亡女奠詞

爾貌秀於人, 爾德出於天.
膝下十五歲, 于歸今六年.
事親我所知, 事姑姑曰賢.
天乎鬼神乎, 此女何咎愆.
一病遽玉折, 玆事豈其然.
我病不能去, 呼慟氣欲塡.
爾今入長夜, 見爾知無緣.
爾母在漢北, 爾外祖母前.
若使聞爾死, 殘命恐難全.
聞訃第四日, 望奠錦水邊.
薄以酒果設, 滿盂汲新泉.
母遠父在此, 魂兮歸來焉.
泉以灌爾熱, 酒果沃爾咽.
哭罷一長慟, 爾死重可憐.
秋空莽九萬, 此恨終綿綿.

41 백호의 큰따님(김극령金克寧에게 출가)이 일찍 작고해서 망전(望奠)을 지내며 바친 시. '전(奠)'은 주식(酒食)을 차려놓고 제를 드리는 것. '망전'은 신위(神位)에 직접 갈 수 없는 형편에 멀리서 제를 드리는 것을 가리킨다. 시에 나오는 '금수'는 영산강의 별칭이니 회진에 있을 때임을 짐작할 수 있다. 한편, 이 작품은 근대 일본인에까지 공명(共鳴)을 일으켰는데, 나까이 켄지(仲井健治)의 『망녀전사억단(亡女奠詞臆斷)』(小山洞 1992)은 이 「망녀전사」를 정밀하게 해석하고 그 원류와 문학사적 위치는 물론 백호의 시세계 전반을 논하고 있다. 이 책의 한국어판은 이기형 역 『백호 임제의 노래: 이 슬픔 끝없이 끝없이』(小山洞 1992)로 출간되었다.

스스로를 애도함⁴²

강한(江漢)의 풍류 사십년 세월
맑은 이름 당세에 울리고도 남으리라.

이제는 학을 타고 속세 그물 벗어나니
해상의 반도(蟠桃)⁴³는 열매 새로 익으리라.

自挽

江漢風流四十春, 淸名嬴得動時人.
如今鶴駕超塵網, 海上蟠桃子又新.

42 본래 만시(挽詩)는 산 사람이 세상을 떠난 사람을 추모하며 짓는 것이 일반적
이지만, 이처럼 살아 있을 때 자기 스스로를 애도하는 시(自挽詩)를 짓기도 한
다. 자만시는 대체로 삶이 얼마 남지 않았음을 직감하며 그동안 자신의 삶을 되
돌아보는 내용을 담고 있는데, 백호의 이 작품은 자신의 죽음을 슬퍼하지 않고
오히려 속세를 벗어나 신선 세상으로 떠난다고 말하고 있다. 백호의 경우 이 시
를 짓고 얼마 뒤에 세상을 떠난 것으로 보이지만, 자만시를 지은 뒤에도 상당히
수를 누린 사람도 없지 않다.
43 반도는 선계(仙界)에 있다는 복숭아. 『논형(論衡)』에서 『산해경(山海經)』을 인
용하여 "창해 가운데 도삭지산(度朔之山)이 있는데 그 위의 복숭아나무는 3천
리에 걸쳐 서려 있다"고 하였다. 한편 서왕모(西王母)의 복숭아는 3천년에 한번
열매가 익는다는 이야기가 전한다.

연보

임제(林悌), 자(字)는 자순(子順), 나주(羅州) 회진(會津) 사람이다. 풍강(楓江)·백호(白湖)·벽산(碧山)·소치(嘯癡)·겸재(謙齋) 등의 별호를 썼는데 특히 '백호'로 널리 알려졌다.

1549년(명종 4년 己酉) 12월 20일 회진에서 임진(林晉, 1526~87)과 남원 윤씨(南原尹氏) 사이에 5남 3녀 중 장남으로 태어나다.

1563년(명종 18년 癸亥) 15세 경주 김씨(慶州金氏) 만균(萬鈞)의 따님(1548~91)과 결혼하다.

1570년(선조 3년 庚午) 22세 가을에 대곡(大谷) 성운(成運, 1497~1579)을 찾아가 가르침을 청하였는데, 이듬해 모친상을 당해서 바로 고향으로 돌아오다.

1573년(선조 6년 癸酉) 25세 겨울에 성운에게 수학하기 위해 다시 속리산(俗離山)으로 들어가다. 「의마부(意馬賦)」를 짓다.

1574년(선조 7년 甲戌) 26세 양대박(梁大樸, 1543~92, 호 淸溪), 정지승(鄭之升, 1550~89, 호 叢桂堂)과 함께 삼각산(三角山) 일대를 유람하고 시를 짓다. 이때 지은 시들을 엮은 것이『정악창수(鼎岳唱酬)』이며, 이 책의 7부 '서울 주변의 풍광'에도 몇수 뽑혀 있다.

1575년(선조 8년 乙亥) 27세 전라도 관찰사로 부임한 관원(灌園) 박계현

(朴啓賢, 1524~80)을 만나 포부와 재능을 인정받다.

1576년(선조 9년 丙子) 28세 감시(監試)에서 「탕음부(蕩陰賦)」「유독시(留犢詩)」를 지어 진사(進士)에 급제하다. 「원생몽유록(元生夢遊錄)」「수성지(愁城誌)」를 이 무렵에 짓다. 이해 7월에 박계현이 경연(經筵)에서 선조에게 성삼문(成三問)의 충절을 말하고 남효온(南孝溫)의 「육신전(六臣傳)」을 읽어보도록 권했다가 왕의 진노를 샀는데, 「원생몽유록」의 창작은 이와 연관이 있는 것으로 추정된다. 송순(宋純, 1493~1582)을 위해 「면앙정부(俛仰亭賦)」를 짓다.

1577년(선조 10년 丁丑) 29세 정월에 속리산에서 나와 고향으로 돌아오다. 전년 5월부터 이해 초까지의 한시들을 모아 『관성여사(管城旅史)』를 엮다. 9월에 문과에 급제하여 승문원(承文院) 정자(正字)에 배수되다. 11월에 제주로 근친(覲親)을 떠나다.

1578년(선조 11년 戊寅) 30세 2월에 부친을 하직하고 제주도를 떠나다. 이 여행에서 보고 겪은 일들을 산문으로 기록하고 시로 읊은 것이 『남명소승(南溟小乘)』이다. 이 책의 2부 '어사화 높이 꽂고 넓은 바다 건너'는 여기 수록된 작품들에서 뽑은 것이다.

　　3월에 남원(南原)에 들러 부사(府使) 손여성(孫汝誠)의 주최로 광한루(廣寒樓)에서 벌어진 시회에 양대박, 이달(李達, 1539~1612?, 호 蓀谷), 백광훈(白光勳, 1537~82, 호 玉峯) 등과 어울려 수창하다. 이때 지은 시들은 『용성창수집(龍城唱酬集)』으로 엮였는데, 서울까지 널리 유포되었다고 한다. 이무렵 동서붕당(東西朋黨)이 심해졌는데, 이런 현실과 관련하여 「화사(花史)」를 지었을 것으로 추정된다.

1579년(선조 12년 己卯) 31세 고산도 찰방(高山道察訪)으로 부임하여 북새(北塞)의 생생한 현실을 읊은 작품들을 많이 남기다. 이 책 4부 '변새(邊塞)의 노래'에 실린 시들은 대부분 이때 지은 작품들이다. 양사언

(楊士彦, 1517~84), 허봉(許篈, 1551~88), 차천로(車天輅, 1556~1615) 등과 함께 안변(安邊)의 가학루(駕鶴樓)에 올라 창수하다.

1580년(선조 13년 庚辰) 32세 봄에 서도병마평사(西道兵馬評事)로 부임하다. 묘향산(妙香山)에서 휴정(休靜, 1520~1604)을 만나 친교를 맺다.

1582년(선조 15년 壬午) 34세 해남현감(海南縣監)이 되다.

1583년(선조 16년 癸未) 35세 평안도 도사(平安道都事)로 부임하다. 부임하는 길에 송도(松都)를 지나다 황진이(黃眞伊)의 무덤에 들러 제문과 시조를 지어 애도하다. 이 책의 8부 '고도(古都)를 찾아서'에 뽑힌 「패강가(浿江歌)」도 이 시기에 지은 것이다.

1584년(선조 17년 甲申) 36세 겨울에 평안도 도사의 임기를 마치다. 평양 부벽루(浮碧樓)에서 김새(金璽), 황징(黃澄), 이인상(李仁祥), 김명한(金溟翰), 노대민(盧大敏) 등과 수창하다. 이때 지은 시들은 나중에 『부벽루상영록(浮碧樓觴詠錄)』으로 간행되었다.

1587년(선조 20년 丁亥) 39세 6월에 부친의 상을 당하고, 8월 11일에 39세로 세상을 떠나다. 이 책의 마지막에 실린 「스스로를 애도함〔自輓〕」은 이 두 달 사이에 지은 것으로 추정된다. 묘는 나주시(羅州市) 다시면(多侍面) 가운리(佳雲里) 신걸산(信傑山) 기슭에 있다.

부인 경주 김씨와의 사이에 4남 3녀를 두었으니, 아들은 지(地, 호 聽荷), 준(埈, 호 松里), 탄(坦, 호 閒閒亭), 기(坮, 호 月窓)이며 모두 시명(詩名)이 있었다. 사위는 병조좌랑(兵曹佐郎) 김극녕(金克寧), 증영의정(贈領議政) 허교(許喬), 후릉참봉(厚陵參奉) 양여백(楊汝栢)이다. 허목(許穆, 1595~1682, 호 眉叟)은 허교의 아들이니, 백호에게는 외손자가 된다.

* 이 연보는 『역주 백호전집(譯註白湖全集)』(창작과비평사 1997)에 수록된 「백호 선생 연보(白湖先生年譜)」를 간추리고 몇몇 사항을 보태어 정리한 것이다.

원제 찾아보기

백호시선

초판 1쇄 발행 / 2011년 12월 10일
초판 2쇄 발행 / 2012년 2월 21일

지은이 / 임제
엮은이 / 임형택·이현일
펴낸이 / 강일우
책임편집 / 김정혜
펴낸곳 / (주)창비
등록 / 1986년 8월 5일 제85호
주소 / 413-120 경기도 파주시 회동길 184
전화 / 031-955-3333
팩시밀리 / 영업 031-955-3399 편집 031-955-3400
홈페이지 / www.changbi.com
전자우편 / human@changbi.com
인쇄 / 한교원색

ⓒ 임형택·이현일 2011
ISBN 978-89-364-7213-9 03810